公元787年，唐封疆大吏马总集诸子精华，编著成《意林》一书6卷，流传至今
意林：始于公元787年，距今1200余年

明日记忆定格

MingRi
——
JiYi
——
DingGe

莫一一 著

长江出版社

版权所有　侵权必究

**图书在版编目（CIP）数据**

明日记忆定格 / 莫一一著.
—武汉：长江出版社，2019.7
ISBN 978-7-5492-6633-3

Ⅰ.①明… Ⅱ.①莫… Ⅲ.①侦探小说–中国–当代
Ⅳ.①I247.5

中国版本图书馆CIP数据核字（2019）第155406号

## 明日记忆定格
**MINGRI JIYI DINGGE**　　莫一一／著

| | |
|---|---|
| 出　　版 | 长江出版社 |
| | （武汉市解放大道1863号） |
| 选题策划 | 赵安琪 |
| 市场发行 | 长江出版社发行部 |
| 网　　址 | http://www.cjpress.com.cn |
| 责任编辑 | 钟一丹 |
| 封面设计 | 马骁尧 |
| 装帧设计 | 袁　萌 |
| 印　　刷 | 北京中科印刷有限公司 |
| 版　　次 | 2019年8月第1版 |
| 印　　次 | 2019年8月第1次印刷 |
| 开　　本 | 880mm×1230mm　1/32 |
| 印　　张 | 7 |
| 字　　数 | 170千字 |
| 书　　号 | ISBN 978-7-5492-6633-3 |
| 定　　价 | 36.80元 |

版权所有　盗版必究（举报电话：027-82926804）
（如发现印装质量问题，请与印务部联系退换，电话：010-51908584）

# 序：一点读后感，感谢和感动

今年3月，我的编辑突然兴冲冲地和我说："婆婆，我要出新书了，你帮我写个序吧。"

我起初觉得有些奇怪，我自认自己是个新人作者，怎么会找我写序呢？她却说这本书和我颇有渊源，灵感来源是之前我给她讲的很多真实案例和科普知识，所以这个序由我来写最为合适。

我觉得这事真的很神奇，人生有时候就是很神奇。比如我以前从来没想过自己会成为一名创作者，成功写出一本书，拥有了一批读者。更没想到在这个过程中，我今日还能启发另一名作者，写出另一本书。

作为一名作者届的新手，我讲故事可以口若悬河，但真的落在书面文字上，实在是有些力不从心。有时候看着大家（尤其是我的编辑）像热锅上的蚂蚁一样催我更新、催我交稿，我表面装作淡定，其实内心也心急如焚。不是我故意拖稿，实在是因为"我手写我心"并不是一个简单的过程。

我不是专业作者，但也知道并且虔诚地遵循着一个作者的自我认知：应该敬畏文字，尊重读者。尽管我能力有限，但我仍然想把故事写到令自己满意，再拿给你们看。有时候跟朋友们倾诉，坐在电脑前一整夜，敲出来也不过五百字，第二天面对编辑的"关切"，我也只好支支吾吾搪塞过去，或者干脆装死。因此，在成书的过程中，很多次觉得对不起我的编辑。

所以当她跟我说"婆婆，我在催你稿、查资料的时候，顺便写了本书"的时候，我是真的震惊极了。不是，什么情况？什么叫"催稿的时候顺便写了本书"，你们熟练的作者这么任性的吗？

于是，我爽快地答应了为这本"因我而出生"的书写个序，抱着帮她看看这本书里有什么专业性错误的心态而读完整个故事后，我发现我是真的想写个读后感了。

　　书名《明日记忆定格》我认为颇有一语双关之意，定格的除了男主的记忆，还有那些被困在"未解决案件"中的所有当事人，包括受害者亲友和办案警察们的记忆。

　　都说时间具有治愈功能，但遗憾的是，时间治愈的都是愿意自度之人。在那些悬而未决的凶案中，凶手一日未伏法，受害者的家人乃至侦办案件的警察都会被禁锢在案件中。他们的人生时钟在案发那一日被定格，直到真相大白时才能重新转动。

　　我见过太多这样的案件，类似的被害人，类似的办案警官，也见过他们随着时间的推移，渐渐地将煎熬熬成了平静，一种希望渐渐熄灭的平静。因为这样那样的原因，真实的生活有太多的无奈，失望总是多于惊喜。但是在这个故事中，从忐忑到欣慰，我感受到了遗憾和惊喜并存的真实。

　　人们常说，天网恢恢，疏而不漏。正义或许会迟到，但不会缺席。作为一名警察，我真切地希望，在刑侦技术和法律越来越进步的今天，不缺席的正义能够不要再迟到了，至少迟到的时间能够短一点，再短一点。

　　除了案件本身外，我觉得这本书更多展现的是那些案件给受害人造成的影响，以案写情，以案扬善。再光明的地方都有黑暗，这是无法改变的事实，可是过去、现在还有将来，都会有无数的警察，他们努力驱散着黑暗，将光明留给这个国家的人民。我的编辑不是一名专业的警察，我很感谢她能用文字说出很多我想说却说不出的东西，看完这个故事，留给我的是感动，还有共鸣。

　　这是一本好看的、男女皆宜的悬疑刑侦故事。

　　真诚地期望年轻的读者看了这本书，能够愿意对警察这个行业多一点体谅，多一点了解，甚至想要成为一名光荣的人民警察。

江宁婆婆<br>于 2019 年 4 月 25 日晚

# 目录

001 ✓ 楔 子

003     第一章 调查组成立

027 ✓ 第二章 第一个案子

045     第三章 陈年旧案

063 ✓ 第四章 记忆交缠

081     第五章 浮屠山庄

| | |
|---|---|
| 099 ✓ | 第六章 时间带不走的回忆 |
| 117 | 第七章 被剥夺的幸福 |
| 139 ✓ | 第八章 未完待续 |
| 157 | 第九章 以我之命 |
| 173 ✓ | 第十章 最终战役 |
| 197 | 尾 声 |
| 209 ✓ | 话外篇 |

小巷幽深狭窄,月亮的微光根本穿不透浓厚的夜色,瘦弱的女孩紧攥着背包带子,脚步凌乱地踏破死寂,在老旧的小巷中激起瘆人的回声。

往前看,漆黑不见出口的甬道像一张大张的口;往后看,浓郁的黑色之中仿佛藏着怪兽,正一步一步走近。

女孩突然脚下一顿,苍白的脸上带着扭曲的惊恐。不,不是她的错觉,是真的有脚步声在逼近,一步一步踩在她剧烈跳动的心上。

"谁……谁在那里?"她颤抖着开口,没有得到回应,顿时吓出一身冷汗,疯了一样拔足狂奔。

戴着半张鬼面具的男子从黑暗中走出来,嘴角勾出一抹阴森至极的笑,他慢悠悠地把玩着手里的刀,发现女孩不见了也并不着急,似乎很享受这种将猎物逼到绝境的过程。

突然,一道刀光在他眼前闪过,劈碎他嗜血的笑,狠狠扎进他的手臂中。

女孩毫不手软地扎完人,喘着气丢下一句"我什么都不知道,你别再来找我了",便一头扎进伸手不见五指的黑暗中。

男子对手臂上鲜血淋漓的伤毫不在意,毒蛇一样的目光追着她的背影,"啧"了一声:"倒是小瞧了你。"

女孩喘着粗气冲出小巷,手里似乎还残留着刀刃扎入人体的感觉,让她的双手忍不住颤抖。

一辆车停在她面前,她受惊过度,脚下一软,摔倒在地。

"小曹,你怎么了?"车窗摇下,露出一张英俊儒雅的脸。女孩紧绷的心因为遇见熟人骤然松懈下来,她颤抖着拉住车门:"能麻烦你送……送我回去吗?"

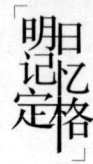

男人打开车门的锁:"好吧,那我就送你一程。"
女孩太过紧张,没有听出男人意味深长的音调,感激地上了车。
漆黑的小车驶入了无边的夜色之中。

MINGRI JIYI DINGGE

第 一 章

# 调查组成立

「明日记忆定格」

## 1. 拔刀相助

周末的闹市区，人流如织，热闹得很。

路边停着的一辆车内，一双审视的眼睛一眨不眨地望着路口来往的人群。眼睛的主人是一名西装革履、头发梳得一丝不苟的青年，额角有一道让人一见便能觉出当时凶险情况的伤疤。然而与他英气勃然的气质形成鲜明对比的是他近乎病态的苍白肤色，那是一种仿佛久未晒过太阳的惨白。

青年将目光投向十米开外的一个摄像头："就是那个监控最后拍到了第一名受害人？"

坐在他身边的市刑侦队副队长吕梁点头："上个月17日晚上9点半，地铁口的监控捕捉到了第一名失踪者出站的背影，但随后她走到了非监控范围，便追踪不到了。另外两名也是如此，半个月了，案情毫无进展，我只能来找你帮忙。"

陵城最近发生了一起比较恶劣的年轻女子连环失踪案，短短半个月，已经有三名女子失踪了。没有勒索电话，没有尸体，失踪者互相之间也不认识，案子陷入僵局。几名受害人皆是好端端出门后失踪，在媒体的渲染下，一时间人心惶惶，局里压力很大，不得已才来求助目前还处于停职休养中的前刑侦队队长唐子安。

"还要去另外两处失踪地点看看吗？"吕梁问。

唐子安刚要回答，被一迭声的尖叫给打断了。

只见人群慌乱地让出一条路，骑着摩托、手里抓着个女式包的男人冲出来。被抢了包的雍容妇人摔在地上尖叫："抢劫啊！抢劫啊！"

吕梁正要行动，却见路边那只发传单的羊驼人偶提着椅子箭步冲了出去，抡起椅子砸翻了对方的车。那"羊驼"长得丧气极了，配上这番气势如虹的动作真是怎么看怎么搞笑，唐子安忍不住笑出声来。

"羊驼"上前抓人，那人却突然抽出刀劈过来，他胡乱舞着刀，竟让人无法近身，眼见着他要逃脱，这时，一只流浪狗扑出来，一口咬住他的手腕。那人吃痛，手中的刀哐当落地，被"羊驼"暴力制伏。

将人踩在脚下，"羊驼"终于得了空摘下头套，露出一张被汗水打湿仍清丽娇美的巴掌脸来，竟是个看起来不到二十岁的女孩子。

附近的巡警得了消息赶来，铐了抢包者，对女孩连连感谢，女孩笑得眉眼弯弯："不客气，我叫莫昭昭，是警校的学生，这是应该做的。"

对那两名巡警简单描述了案情经过，送走他们后，莫昭昭一低头，发现玩偶服被划了一道好长的口子，脸上的笑容瞬间垮掉。往打工的咖啡店瞥了一眼，她一秒换上一副泫然欲泣的神情冲进店里，凄凄道："老板，对不起，玩偶服被我弄破了，我……"

"放心吧，不要你赔。我不是无良老板，见义勇为的行为，我当然支持。给你放半天假，回去休息一下吧。"

"老板，你真是个好人！"莫昭昭眼泪收放自如，一眨眼便重新挂上了笑容。

被发了好人卡的老板无奈地笑了笑。同样忍不住笑了的还有坐在车内的唐子安，等他回过神才发现自己竟在笔记本上记下了这个变脸如翻书的女孩。

自从他出事后，这还是第一次往笔记本上记不相干的人。毕竟对现在的他来说，笔记本就是他的记忆，任何不重要的事情都没有记下来的必要，可他想了想，还是没有把这页撕掉。心道：难得遇上这么有趣的事情，就先留着吧。

合上笔记本，他重新将目光移到案宗上，开始根据寥寥线索做犯罪嫌疑人的画像："凶手为男性，单身，工作体面的精英人士，长相温和属于能让人放心的那种。年龄三十岁左右，身高175cm以上，名下有一辆价值不菲的车，颜色黑或灰的商务车型。与失踪的女性存在很浅层次的接触，可以先从工作方面开始排查。动机应该是对女性的仇视。"

明日记忆定格

吕梁早在他开口时便奋笔疾书,他是学传统刑侦的,第一次见到唐子安做犯罪心理画像的时候,觉得对方简直比神棍还神,如今已经学会坦然接受了。

不过他习惯了,担任司机的警员小何却还是第一次见,眼中写满好奇:"唐队,这就是犯罪心理画像技术吗?你这是怎么看出来的啊?这么详细,神得跟算命似的。"

小何话音刚落,就被吕梁在脑袋上敲了一记:"还算命,我怎么不知道你小子这么迷信啊?"教训完小何,他立刻给局里打了电话,将排查要求布置下去。

"说白了不过是概率分析,没什么神的。"

唐子安将手里的卷宗递给小何,解释道:"三起案件都无线索,显然嫌疑人具有一定的反侦察意识,文化水平不会差;失踪地点皆为繁华闹市区,在这种地点实行暴力绑架不可能,所以嫌疑人必须有一辆不错的车,并且能够让失踪女性主动上车;晚上八九点主动上一名男士的车,这人必须具备认识、可信、无害等特点。但不会是深层接触,不然你们应该会有所发现。三名失踪女性身高在160~165cm,10cm的身高差能够给嫌疑人可掌控感。而针对女性的连环杀人和强奸案,凶手动机大部分为仇视女性。"

唐子安这边解释完,吕梁那边电话也打完了。唐子安收回望向窗外的目光:"走吧,去失踪者家里看看。"

莫昭昭换了衣服出门,发现那只仗义相助的流浪狗等在门口,便随手给了它一根火腿肠,却不想,自己竟被黏上了。

"哎哎哎,你碰瓷啊!"被狗叼住裤腿,莫昭昭欲哭无泪,挣扎了半天,终于发现这狗似乎是想要带她去什么地方。

她蹲下来看了看,发现狗脖子上有个狗牌,写着"小乖"和一串手机号。拨通联系人曹小姐的电话号码,却一直无人接听。

难道是主人出了什么事,所以狗狗出来求助?

史宾格犬素来聪明,替主人求助不是不可能。这样想着,莫昭昭决定跟着这只叫小乖的狗去看看。然而跟着它跑了二十分钟,却发现它越走越偏。

若是主人出事,没理由跑这么远出来求助。莫昭昭心头警铃大作,这么多年,她对自己总能卷进各种麻烦里的倒霉体质已经有了充分的认识。她决定就此打住,但小乖着急地拽住她的裤腿,一人一狗僵持住,半晌,小乖呜咽一声,大大的狗眼里竟涌上了泪。

这也太犯规了吧!莫昭昭感觉心里被戳了一下,只得妥协,继续跟着它往前走。又走了约莫半小时,一直走到那改造到一半、因为资金问题而停摆的伴山公园深处,小乖才停下脚步,然后开始刨坑。

莫昭昭头皮发麻,小乖刨的那地一看便是新填的土,而她已然看见松动的土里露出一角衣角。

另一边,唐子安走访完三名失踪者的家,在地图上圈出犯人的大致活动范围,并试图寻找这三名看起来毫不相干的受害女性之间可能形成的交叉点。

警局那边的排查工作不太顺利,让他不得不调整思路——

除了工作中接触过这种有着天然信任感的泛泛之交,还有怎样的浅层接触能让对方给予足够信任,并且主动上对方的车呢?

朋友的朋友,还有……相亲!

唐子安将新得出的基本信息发给局里信息科的同事,让他们继续排查。

这时,陪同的吕梁接了个电话,"嗯"了两声后,面色一下变得严肃起来,走到他面前道:"老唐,被害人的尸体找到了,被埋在伴山公园,有人发现报了警。"

在他的记忆里,这个公园烂尾了,偏僻又荒芜,根本没人会过去,于是疑惑地问:"伴山公园在我出事后重新动工了?"

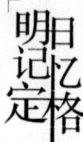

"没有。所以,附近的派出所将报案人也一起带了回去。"

在很多案件中,报案人往往也是第一嫌疑人,何况这位报案人不仅去了这么偏僻的地方,还挖出了地下埋着的尸体,真是太奇怪了。

唐子·安一点头:"走吧,去见见这位神奇的报案人。"

## 2. 倒霉体质

半小时后，站在审讯室外看见里头又换了一副嘴脸的莫昭昭，唐子安的神情很是微妙。

审讯室里的女孩长着一张极具欺骗性的娃娃脸，齐耳的妹妹头让她看起来越发乖巧，此时她扑闪着一双写满无辜的大眼睛，字字铿锵地对着负责审讯她的女警道："学姐，我可是警校的学生，品学兼优，年年拿奖学金的那种，怎么会知法犯法，做出这么丧心病狂的事情呢？你们要相信我，我真的是被一只狗带过去的。那个，你们查查我的资料就知道了，我真的就是容易惹事的倒霉体质，说实话，我就是因为这个体质才想当警察的。"

年轻的女警对她这开口闭口"学姐"的套近乎行为又好笑又无奈："你这想法倒是特别，但实属多虑。你该相信警察，而不是把自己变成警察。"

莫昭昭乖巧一笑："多谢学姐，但我更相信靠人不如靠己。"

"她这话什么意思？"唐子安看着莫昭昭，目露疑惑。

"嗯……那个，她的人生经历的确比较丰富。"陪同的警员递上莫昭昭的档案。

这一看，唐子安和吕梁都沉默了——这孩子还真不是一般的倒霉啊！算一算，一年至少五次被卷进比较大的案件里，想想也是，就今天短短一天，她便先遇见抢劫，后发现尸体，还真是倒霉得甚为忙碌呢！

屋里的莫昭昭为了洗刷清白，非常努力："这个连续失踪案我也有所了解，我认为凶手应该是一名三十岁左右，长相气质良好的男性，并且为了抛尸方便，他应该有自己的交通工具，与这四名女性至少是点头之交的认识，这些条件我都不符合。"

"和你说的一样哎。"吕梁愣了一下，看向唐子安，扭过头却见唐子安已经拉开门走进审讯室。

唐子安自出事之后，一直不愿和不认识的人打交道，今天这是破例

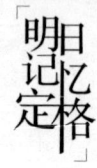

了？吕梁忍不住多看了莫昭昭两眼，聪明漂亮又能打，还是警校学生，吕梁眼睛一亮，这不就是局长一直在给唐子安物色的助手最佳人选吗？于是连忙给局长打了个电话。

唐子安推门而入，莫昭昭闻声望过去，话音戛然而止，呆怔了片刻后，冷静睿智的警校学霸秒变无脑小迷妹，眼睛里亮得要跑出星星来："唐唐……唐子安？天哪！我……我不是在做梦吧？"

淡定如唐子安也没想到自己面对的是这样的情况，一时手足无措，而莫昭昭已经激动地站起来，语无伦次地剖白自己："大神，您是我的偶像，我就是因为您才想要当警察的！"

……

女警一脸无奈："姑娘，你还记得你刚刚才说过，你是因为自己的倒霉体质才当警察的吗？"

迷妹莫昭昭当然是不记得的。

唐子安咳了两声掩去自己的尴尬："你说的那只狗是今天帮你抓抢劫犯的那只吗？"

"对对对，哎，大神你当时在场啊？"莫昭昭激动的情绪卡了一下壳，骤然变为生无可恋的神色，捂住脸哀号，"那你也看见我穿成羊驼的样子了？啊，好丢人。"

"挺有趣的。"唐子安笨拙地安抚了一句后，生硬地将话题引到正题上，"你还能再找到那只狗吗？"

"我不确定。"莫昭昭摇了摇头，"不过我认为小乖刨出来的那具尸体应该是它的主人。"她报了狗牌上的信息，末了以一句"我没什么特长，也就记性还不错"结尾。

手机号码是实名登记的，警察很快查到了这位曹小姐的情况，果然发现她失踪了，只不过她是一个人住，又刚辞职，所以并未有人发现她失踪。

莫昭昭被放出警局，负责去引出小乖，离开警局没走多远，小乖果然出现了。

她给小乖扣上牵引绳,想要带它去警局,然而刚到警局门前,却发现小乖一反常态,开始疯狂挣扎,大有扑上来咬人的架势。它这是……害怕去警局,为什么?

莫昭昭有些纳闷,好不容易才安抚住它,跟在她身后的警察却认出了小乖:"这不是昨天袭击人的那条疯狗吗?"

小乖往她身后缩了缩,对那警察凶巴巴地龇牙。

昨天袭击人?莫昭昭一下抓住了关键词:"它昨天袭击了谁?是不是一个看起来人模狗样的男人?"小乖不是疯狗,相反它非常聪明,绝不会无缘无故袭击人。它知道主人被害,那么被它攻击的这个人很可能就是凶手!

她表现得太激动,对方吓了一跳:"是,是个男的,长得还……还不错。"

无暇再听其他,她一手拽着小乖,一手拽起这警察,飞奔向唐子安:"大神,我可能知道凶手是谁了。"

唐子安手里捧着平板,正看着刚传来的符合条件的嫌疑人资料,按照他给的犯罪画像,警局一共找到三名比较符合的嫌疑人。三选一,能将范围缩小到这样已经很好了,但他看了眼时间,心里有些焦急,现在是下午五点多,他的时间有点紧。

所以,听莫昭昭冲进来这么说,唐子安犹豫了一下,还是将平板递了过去。按说她不是参案人员,嫌疑人的资料不该给她看,可他必须争分夺秒,这种小节只能不拘了。

莫昭昭接过平板却不是自己看,而是放到脚边的小乖面前。翻到第二名嫌疑人,小乖立刻激动地叫起来。被莫昭昭强行拽进来的警察也连连点头:"对,就是他,昨天被这只狗袭击的就是这个人。"

"对这人采取强制措施吧。"唐子安对吕梁道。

吕梁应了一声,心头像是卸下了一副重担。不知该说唐子安运气好,

明日记忆定格

还是说运气也是实力的一部分。半个多月了,这案子一点进展都没有。可唐子安接手还不到12小时,不仅尸体找到了,嫌疑人也锁定了。

两小时后,正在机场准备登机的杜文栋被请到了警局,他抚了抚衣角的褶皱,跷着二郎腿,一派气定神闲。明明是坐在审讯室里,却像是坐在高档咖啡厅里一样,一点也不慌张,看得警局众人啧啧称奇。

"你们知道你们这样莽撞的行为会给我造成多大的损失吗?"面对推门而入的吕梁,杜文栋竟先发制人地表达了谴责。

吕梁不搭理他的挑衅,翻开笔记本问:"曹安安你认识吗?"

"认识,算是我的下属吧,不过听说她好像辞职了。"

"那这几个人呢?认识吗?"吕梁递过去三张死者的照片,却不是她们生前的照片,而是刚刚拍的尸体照。

杜文栋猛地往后一让,一副受惊的模样。

"他在装。"审讯室外,唐子安和莫昭昭异口同声道。

见唐子安递过来一个鼓励的眼神,莫昭昭求表扬一样看着他:"惊恐时间过长了。他其实一点也不害怕,不仅不害怕,甚至有点兴奋。大神,我说得对吗?"

"很好。"唐子安目光灼灼,望向审讯室里驾轻就熟地和吕梁周旋的杜文栋。

"可能是见过吧,警官你也知道我是个商务总监,我们公司业务这么多,我每天都要见很多人的,毕竟都是人脉嘛。您如果想确认,我可以回去翻一翻名片册。"

"曹安安是坐过我的车,但那能说明什么?她作为我的下属,请我顺路搭她一程,我难道要拒绝吗?这也太不绅士了。"

"其他人,不记得了,您知道的,我对女性的请求向来是不太好意思拒绝的。"

唐子安移开眼去看地图,随手画出几条流畅的曲线:"此人心理素质极佳,寻常问讯手段无用,必须找到决定性的证据。"

莫昭昭凑过去看地图，唐子安被她突然靠近的身体吓了一跳，但看她眉头深锁，似乎是在记忆里探寻什么，他常常也会如此，深知此时最忌被打断，便忍住了没动。

"他家在这个区域和去伴山公园的必经之路重叠，我记得那条路上有一个探头，偶尔也会有警察查岗，他不能让受害人直接暴露在探头下……"

"查后备厢！"没等莫昭昭说完，唐子安立刻反应过来，大步流星地走出去叫人。

杜文栋的车已经被拖了回来，和他推测的一样，是一辆三十万出头的黑色奥迪，鉴证科正在检验。但杜文栋说话滴水不漏，没有否认死者坐过他的车，因此就算在车内发现属于死者的毛发皮屑，也不能证明他杀人。可若在后备厢中找到什么，就很难狡辩了。

然而杜文栋的车显然清理过，甚至连后备厢垫都是全新的，加之被挖出来的每位死者头部都被套了黑色的头套，头发被包在了头套里，因此，检验科没能找到属于死者的血迹、汗液和头发，只提取到一根一厘米长，不属于人类的白色不明毛发。

"那只狗呢？"唐子安盯着那根毛发看了片刻，猛然想到那只叫小乖的狗，"拿去和小乖做一下 DNA 比对。"

检验科不敢怠慢，立刻去做了比对，结果完全一致。

熬了一天一夜的唐子安长长地舒了口气，感谢"接触原则"，曹安安身上粘到了小乖的毛发，而后又因接触转移粘到了后备厢侧壁上。这或许就是天网恢恢，疏而不漏。

"请杜先生解释一下，曹安安爱犬的毛发为何会出现在您的后备厢中？"

杜文栋大概怎么也想不到，他精心的谋划最终会栽在一条狗身上。面对铁证，他倒是没再狡辩死撑，爽快地承认了自己的杀人罪行。

只是他连认罪都无比嚣张，脸上看不到一点对被害人的歉意，懊悔

的只是自己的犯罪居然不是完美的，居然会被警察抓住。"

"做出犯罪行为不一定需要巨大的冤屈，也不一定需要合理的理由，我犯罪只是因为我想杀她们而已。"

"大晚上主动上一个男人的车，那就该想到自己会遭遇什么。她们是活该！"

"她们自己一点安全意识都没有，屁大的事都要发朋友圈，要安排一场美好的偶遇不要太简单。偏她们就爱相信什么缘分，真是笑死了，简直蠢得要死，对啊！她们可不就是蠢死的嘛！"

"警官，你难道不觉得这种女人该死吗？她们居然不想结婚，不想生孩子，这种女人活着有什么用？我是在替天行道啊！"

吕梁被杜文栋气得七窍生烟，案件很清晰了，杜文栋的母亲在他年幼时抛弃他和一个酒鬼跑了。杜文栋的童年在父亲的打骂中度过，可是他没有恨自己的父亲，反而恨上了不堪忍受暴力逃跑的母亲，继而仇视不愿成家的女性。

三个月前，他的父亲死亡，他的母亲回来找到了他。然而没了家庭拖累，逃出去后自立自强如今已成为女强人、过得很幸福的母亲没有让他感到高兴，反而让他心底那颗仇恨的种子破土而出，开始动手作案。

吕梁从审讯室出来，见唐子安拧着眉在看死者档案，他已经超过24小时没合眼了，本就苍白的脸色白得吓人，连嘴唇都失了血色，眼下一片青黑，衬得布满血丝的眼睛越发憔悴。

"案子结了，你赶紧去睡吧！"吕梁骇然，想起唐子安重伤尚未痊愈。

唐子安盯着曹安安的档案摇了摇头。身边人的描述中，这人有被害妄想症，但她真的遭遇过好几次意外，只是都没有报警。

"我得去看看那只狗。"他说着站起身，脚下却一个趔趄，吕梁连忙扶住他："狗被报警那女孩带回去了，那狗不知怎么就认定了她，离开她就发狂。"

"莫昭昭？"他自己都没发现在提到这个名字时，他嘴角露出一丝笑意。

吕梁的目光多了几分打量,队长出事后,这还是第一个能引起他兴趣的人。

唐子安按了按眉心,撑着站起身,喃喃道:"她好像知道有人要对她不利。"

吕梁将他按回椅子:"你不能再勉强了,必须得休息了。"

"不,不能睡……睡着就……"话未说完,汹涌的困意袭来,他睡了过去。

## 3. 偶像上司

宿舍里不能养狗，但小乖情况特殊，莫昭昭拿了警局开的证明和学校商量后，得以将小乖暂时养在寝室。对此，室友马雯雯非常不满，拉长一张脸，冷嘲热讽了好一通，莫昭昭心知给她添了麻烦，也只能赔着笑脸忍着，没想到还是出了事。

马雯雯每天早上天不亮就起床，起了床也不开灯，摸黑就去洗漱。这天不知怎的踩到了睡在地上的小乖，小乖吃痛地叫了一声，而她竟将手中的暖水瓶狠狠砸向小乖。眼见滚烫的热水和暖瓶碎片有不少溅到小乖身上，莫昭昭被吓得不轻，抱起小乖便冲向附近的宠物医院。

好在都是些皮外伤，虽然看着严重，却无生命危险。不过，令莫昭昭意外的是，这一次全身检查，竟发现小乖身上有不少陈年旧伤。

曹安安虐待它？莫昭昭第一反应如此，但想想它之前那么努力地为曹安安报仇，趴在曹安安尸体旁无比伤心的样子，这推测又不太合理。不管如何，那些伤让莫昭昭心疼又自责，眼睛红得恨不能将马雯雯暴揍一顿。

将小乖暂时留在宠物医院，莫昭昭回到宿舍看到没事人一样的马雯雯，顿时气不打一处来："你知不知道自己在做什么？小乖背上烫伤了一大块。"

马雯雯眼皮都不抬一下："不就是条畜生吗？搁我们老家那就是一顿肉，也值得你这么上心？"说着挥手将莫昭昭推得一个趔趄。

本就一直憋着火的莫昭昭彻底怒了，一招就擒住马雯雯，将她双手反剪着按到地上："你才是连畜生都不如的东西！"

话音未落，门被推开，看见门口站着宿管和中队长，莫昭昭心里"咯噔"一下。完了，打架斗殴被抓现行，怕是要记过了。

垂着头跟着中队长一路走到系主任办公室，见系主任神情严肃地递过来一封信，莫昭昭欲哭无泪，不会是开除信吧？

拆开信，一目十行地看完，莫昭昭满眼不可置信，激动得语无伦次：

# 第一章 调查组成立

"主任,这是真的吗?我要给唐子安当助手了?"

"之前你协助唐子安调查过一起案子,警局对你的能力很认可。这是个好机会,你要好好把握。"主任是真的替这个家境贫寒但各科成绩都很优异的学生高兴。

得到这个消息,莫昭昭心情大好,甚至在宿管的劝说下,好声好气地为方才打架一事向马雯雯道了歉,虽然马雯雯看起来并不领情。

次日,莫昭昭起了个大早,精心打扮了一番,怀揣着迷妹见偶像的心情出了门,连马雯雯刻意摔盆摔碗的行为也无法影响她的好心情。

到达信上的地址,莫昭昭才发现那不是警局,而是一栋孤零零的三层小楼,怀着疑惑的心情,她按了门铃。不多时,门打开了,唐子安的目光落到她手里的介绍信上:"你就是局里给我找的助手?"

他看起来比上次见面更加苍白消瘦,声音也有些沙哑。

莫昭昭脱口道:"大神,你要保重身体啊!"

唐子安神情有些疑惑。

"大神你不记得我了?杜文栋案,我们见过的。我啊,莫昭昭,那只羊驼。"莫昭昭兴奋地比画着,努力做出羊驼的样子。但折腾大半天后,对上唐子安依旧茫然的眼神,她终于意识到不对,大神不是没想起她,而是真不认识她,"大神,你……失忆了?"

"先进来吧。"将她让进屋,两人在沙发上坐定,唐子安认真道,"既然局里选你来给我当助手,说明你是可信的。那我先介绍一下我的基本状况。"

"大神,你等一下。"莫昭昭连忙翻出笔记本,一副记考试重点的认真架势。

"是这样的,我之前脑部受了点伤,导致我出现了短期记忆丧失的症状。简单来说,我的记忆定格了。受伤之前的记忆没有受影响,但受伤之后新产生的记忆,在每次睡着之后便会清零。"

乖巧坐着的莫昭昭突然站了起来,急切地打断他:"那你的伤没事

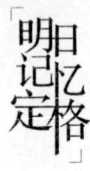

吧？你看起来很不好。"对上莫昭昭担忧的眼神，唐子安有点儿蒙："我们只见过一次吧？你……"

"你怎么会这么关心我？"

莫昭昭不好意思地笑了笑，看他的眼神却亮得发光："因为大神你是我的偶像啊，我就是因为你才立志当警察的！"

同样的话，虽然说了两遍，但落到唐子安耳朵里，却是第一次听到。此刻，唐子安很震撼，竟真的有人以自己为目标，并努力奋斗着。

"我没事，只是记忆出了这样的问题，没有办法适应警队正常的工作了。因此警局给我组建了个单独部门——未解决案件调查组。你跟着我，注定不能参与第一线的大案要案，发现线索可能只能你一个人去查，我不会记得你在工作中的优异表现，因为我连你是谁都不会记得。"

唐子安说着例行公事的话，面无表情。

根据他的记录，之前局里给他找过五个助手，但得知情况后都没有选择留下来，他其实没什么感觉，也不想要什么助手。但面对一口一个"大神"的莫昭昭，他莫名忍不住抱了希望，最后一句话说得有些发涩："如果你不愿意留下来，我帮你去和局里说。"

莫昭昭向后退了一步。唐子安心一沉，却见她双腿立正并拢，"啪"地行了个礼，然后双手递上自己的简历："组员莫昭昭向您报到！"

看着唐子安眼中闪过一丝惊讶，莫昭昭表示皮这一下真的很开心。

第一天上班，唐子安没给她安排活，莫昭昭便主动去整理屋子里堆得到处都是的卷宗资料。

唐子安埋首案宗，回过神，只见屋子里焕然一新，原本杂乱的档案都按照时间顺序和案件类型进行了排序。莫昭昭用亮晶晶的眼睛看着他："我在学校图书馆勤工俭学练出来的。"

"很厉害。"唐子安干巴巴地夸了一句。他不大会夸人，实在是因为她一脸献宝的神情，只差在脸上写上"快夸我"了。

莫昭昭打蛇随棍上："那组长，我能早退吗？我下午两点有个兼职，事出突然，还没来得及去辞职。"

"你还兼职？"

莫昭昭伸手比了个三："我有三份兼职，你第一次见到我的时候，我就是在兼职，可惜你不记得了。"

唐子安眉头微皱："你打这么多份工？"

"贫穷是第一生产力嘛，那大神我先走啦，明天见。"莫昭昭说完，笑嘻嘻地跑了，仿佛为了钱打三份工是什么开心的事情一样。

唐子安发现他一点都看不懂这位小助手，手指动了动，调出她的档案。

档案上显示她十四岁时被收养，养母是本地著名的富豪，按说她不该缺钱，可她又确实像小陀螺一样四处兼职。唐子安心中疑惑，但并未深究，每个人都有自己的秘密，他没理由窥探下属的隐私。

莫昭昭去辞了兼职，然后去宠物医院看小乖。小乖恢复得很好，一周后就可以出院了。她却有些发愁，宿舍是不敢再让小乖住了，得尽快给小乖找个窝。

可是她既没有朋友，也没有家人，这事可真是难倒了她。愁眉苦脸想了一路，似乎就只有唐子安那里还可行。但大神性格喜静，又有"记忆定格"的症状，他能接受家里突然多出来一只狗吗？

忐忑地琢磨着这事，她心不在焉地往前走，突然听见有人叫自己的名字，扭头一看竟是吕梁。

吕梁显然是在特意等她，却偏要装出一副"哎呀，好巧"的样子。

莫昭昭眉头一皱，觉得事情并不简单。

## 4. 突发案情

果然如莫昭昭所想，在简单询问了她今日入职的情况后，吕梁话锋一转："还有一项额外任务，你要盯着唐子安的一举一动，并记录下来，每周上交。"

"你要我监视大神？"

吕梁摇了摇头："你别这么瞪我，唐队是我队长，我比你更希望他好。你先坐下来听我说。"

唐子安有个搭档叫邵捷，两人自入警队便是搭档。半年以前，唐子安被发现重伤昏迷在一栋旧楼里，现场的大量血迹属于消失的邵捷，而散落的子弹是从唐子安的手枪中射出去的。更糟糕的是，唐子安苏醒后完全不记得发生了什么，并且记忆永远定格在那天。

没有人知道他们为什么要去那栋旧楼，在旧楼中又发生了什么。警方不愿意怀疑他，但又实在无法排除他的嫌疑，所以决定将他放在监控之下。

莫昭昭安静地听完，突然嗤笑一声："不相信他，却又舍不得放弃他的破案能力，你们可真是想要马儿跑得快又想马儿不吃草。这活我不接了。"

吕梁没想到这看起来软乎乎的小姑娘说翻脸就翻脸，呆怔片刻，连忙追上去绞尽脑汁地劝说："我知道你很缺钱，所以你疯狂打工，可你刚把兼职辞了吧？这份工作工资很高。还有啊，你难道愿意看我们换一个人去执行这项任务？"

莫昭昭停下脚，抱着胳膊斜睨他："你要我背叛的可是我男神啊！"

"这怎么能叫背叛呢？他如果是清白的，你说不定还能帮他呢。"吕梁还想再劝，却听莫昭昭冷酷道："得加钱！加一倍！"

狠狠敲了吕梁一笔，莫昭昭心情很好地回了宿舍。马雯雯竟然不在，听说请长假回老家了，莫昭昭心情更好了。

没了早上4点多起床的马雯雯扰清梦，莫昭昭这一觉睡得很甜，醒来后觉得精力充沛，让她忍不住想要作妖。

想到唐子安说的"记忆定格"，她灵机一动，有了一个大胆的想法。

一个小时后，第二天上班的莫昭昭穿着之前兼职送外卖时的衣服，提着早餐敲响了门："唐先生，您叫的外卖，麻烦签收一下。"

然后，唐子安面无表情地丢下一句"我没有叫外卖"就关了门。

第三天。

莫昭昭笑容甜美："你好，我是新搬来的邻居。"

"……"住着独栋的唐子安丢下一个关爱智障的眼神，直接关上门。

第四天。

"你好，查水表。"

这次干脆连门都没开。

第五天。

……

唐子安之所以没上当，原因很简单：他认识莫昭昭。

他虽然有"记忆定格"的毛病，但卧室里贴满了各种提示，作为助手的莫昭昭自然被贴在显眼处。看莫昭昭每日这般乐此不疲地努力表演，他意外地觉得很有意思，于是也不揭穿，甚至开始期待，明天打开门又会看见怎样的莫昭昭呢？

即使他没有记忆，但直觉告诉他，莫昭昭出现后，他的生活变得有趣了许多。

"大神，明天见！大神，天天见！"到了下班时间，莫昭昭欢乐地与唐子安说了再见，出门后，脸上那没心没肺的笑容却慢慢散去。能够每天和大神在一起自然是开心的，但一想到大神永远都不会记得自己，她在唐子安心中是个不存在的人，还是忍不住失落。

手上传来温热的触感，是小乖看出她情绪不对，舔了舔她的手指。莫昭昭蹲下身，面上浮起微笑。大神虽然看起来冷冰冰的，其实是个很温暖的人。

那天,她试探着和唐子安提了下,小乖无家可归,能不能养在他院子里。她准备了一箩筐的话,比如小乖很通人性,能够听懂指令,会自己出去上厕所等,但都没派上用场,因为唐子安毫不犹豫地就同意了。

见到小乖后,唐子安很快发现这只史宾格犬并不是简单的聪明而已,它绝对受过类似警犬的训练,而它本身也是适合当警犬的犬种。一时间,他对小乖的前任主人生出一股好奇,他不知道自己当时也好奇过,可惜没撑住睡着了,而那个案子的档案并不在他手里,因此他把一切忘了个干净。

见到小乖的机智和对莫昭昭的忠心,唐子安生出一个念头。莫昭昭再厉害也毕竟是个女孩子,她以后要独自查线索,身边有只警犬的话应该会好很多。于是他给吕梁打了个电话,替小乖申请了一个警犬的职位,至此,小乖正式成为未解决案件调查组的一员。

对此,莫昭昭一面开心,一面觉得"狗男女"的组织架构有点微妙。

好在,小乖从此有了一个家。

为此,莫昭昭特地做了一大桌子菜庆祝"未解决案件调查组"集结完成。唐子安被这色香味俱全的佳肴惊艳到了:"你这手艺是专门学过吗?"

莫昭昭挑了挑眉,一脸得意:"我在后厨帮过工,颠勺我都会哦!"

虽然不太懂她为什么得意,但唐子安还是很给面子地赞叹道:"嗯,厉害。"

小乖也分到了一只鸡腿,吃得尾巴直摇。

"酒足饭饱"后,唐子安递过来一个卷宗:"庆祝我们组正式集结完成可不能只是吃饭,这案子是我从还剩一个月时效期的那堆悬案中挑出来的。最近疑似有新的线索出现,侦破的可能性比较大,就用这个案子当我们的开门第一案吧。"

吃得太撑开始犯困的莫昭昭发誓,自己从他一本正经的声音里听出了一<u>丝丝</u>幸灾乐祸的味道。

喝一口苦到发酸的黑咖啡，她认命地开始看卷宗。这是一起二十年前的入室抢劫灭门案，一共死了五个人，当时警方锁定了一名嫌疑人，可是这名嫌疑人就跟人间蒸发了一样，这么多年都没有找到。

而唐子安说的"可能的新线索"是一封匿名信。信是昨天寄到当年负责此案的警察家里的，那名警察早两年便已经退休了，看了信的内容后连忙送到了警局。

匿名信上称自己是当年灭门案的知情人，会在案件时效期的最后一天揭开二十年前的真相。随信附上了一张前往案发别墅赴宴的邀请函。

"这案子疑点挺多，你先好好熟悉一下，半个月后如果不能有新的发现，你拿着邀请函去赴宴。"

莫昭昭点了点头，开始认真研究。只是没想到在侦破开门第一案前，他们便被意外卷进了另一桩案子里。

案子的起因是小乖。小乖平时野惯了，根本关不住，不过好在它很听话，到点就会回家，莫昭昭便也放心地让它出去疯跑，没想到这家伙竟叼了一堆东西回来藏在窝里，日积月累，直到莫昭昭闻着味道才发现。

"你上辈子是个捡垃圾的吗？你看看脏不脏！"莫昭昭捏着鼻子清理狗窝，声音却猛地一顿，半晌，发抖的声音重新响起："大神，你……你快来看！"

她手里握着的是一截人类的手指，唐子安也是一惊，连忙帮着她将所有东西都翻了一遍，果然又发现了一小块完全没了皮肉的白骨和一块染了血的脏污破布，似乎是衣服上扯下来的。

两人连忙报了警，很快，吕梁带了警察过来。一番检查后，发现破布上他们以为是扣子的东西，竟是警校的校徽。死者很可能是警校的学生。

经过一番排查比对，警方锁定了死者的身份——莫昭昭的室友马雯雯。

次日，当警察找过来问话的时候，莫昭昭简直给自己的倒霉体质跪

了。她多聪明,脑子一转便明白了现在自己是什么处境。

马雯雯与她发生过冲突,她对马雯雯表露过恨意,她可能是最后一个见过马雯雯的人,最后发现马雯雯尸体的也是她。这么多疑点集于一身,想不怀疑她都难。

于是,莫昭昭又一次坐在审讯室里,但这次她真的什么都不知道。

负责问话的警察还是个熟人——当时曹安安案负责问话的女警。刚调到市局没两天,结果这么巧,负责的第一个案子就是莫昭昭。

女警看着她笑了笑:"上次学妹和我说你就是惹事体质,我还不以为然,如今是真的信了。不过你也别担心,我还是那句话,相信警察,我们不会冤枉你的。"

莫昭昭敷衍地笑了一下,其实她并不太在意被冤枉,或者说她已经习惯了,反正自己有能力洗脱污名。

女警对她不错,问完基本情况后,离开之前还给她倒了杯温水。莫昭昭神色怏怏地趴着,现在的唐子安在做什么呢?应该发现自己这个助手没去上班了吧?可是那又怎样呢?他根本不记得自己,一个全然陌生的助手,他最多随口问一句吧,难道还会来救她吗?

听见有人进来,但她根本懒得动。

"上次不是嚣张得很吗,这次怎么蔫了?"听到头顶传来的声音,莫昭昭弹簧一样坐起来,看着面前这张脸,满目震惊:"你……你想起来了……"

唐子安摇头:"我看了上次审讯的视频。"

"可是你怎么会找过来?"她还是觉得不可思议。

手里的活页本在她脑袋上敲了一下,然后摊开在她面前,唐子安既无奈又好笑:"真以为我不记得你?你是我的助手,我怎么会拿你当陌生人?"

本子上是关于她的记录,不仅有基本资料,还有两人相处中发生的一些事,最近一条记录是昨天新添的——**她害怕鱼**。

她家大神真的在努力记住她。这一刻,她的心情宛若突然被爱豆点了名的小迷妹,开心得想上天。

她呆呆的样子让唐子安以为她被吓傻了,安慰道:"别担心,有我在呢。"

"嗯,我不担心,大神肯定能找出真凶。"莫昭昭咧开嘴,笑容灿烂。

"就这么相信我?"

她用力点头,眼中有星星闪烁:"嗯,坚信不疑!"

唐子安晃了下眼,被蛊惑似的伸手在她头上揉了几下,揉完才觉出尴尬,慌忙收了手:"我去看看案情,你累了就趴会儿。"

目送那个强撑着慌乱脚步稳健飞快离去的背影,莫昭昭眨了眨眼,她好像看见大神的耳朵红了。头发上被摸过的触感似乎还残留着,她摸了摸自己的头发,忽然觉得心跳得有点乱。

MINGRI JIYI DINGGE

第 二 章

第一个案子

## 1. 我们回家

得了唐子安的承诺，莫昭昭在警察局待得很安心。晚上警员送来了折叠床和被子，她也不客气，倒头便睡，但迷迷糊糊做了一个梦。

梦里年幼的她被一群人围在中间，他们面容扭曲，咒骂她"扫把星，害人精，有你在就没好事"，自己焦急地辩解着什么，微弱的声音却被那些恶毒的骂声完全压住。

她想要去护住当年的自己，可场景一变，到了一间教室。

"中午就只有你一个人在教室，不是你偷的是谁偷的？"

面对突如其来的指责，少女一边仓皇地说着"我没有"，一边向周围的同学求助，却在每个人眼中看见了"小偷"二字。没有人相信自己，少女意识到这点，眼神瞬间黯淡下去，不再如小时候一样辩解。

她的心狠狠一抽，多想给年少的自己一个拥抱，可画面再次变了。

"你这个祸害，给我跪下！"还没看清面前的场景，一个巴掌便穿过她的身体，狠狠打在少女脸上。

少女捂着脸，倔强地看向面前气急败坏的妇人："我没有，为什么你们都不信？"

"你弟弟还能冤枉你不成？"妇人举起纳了一半的鞋底，劈头盖脸地打下来。少女无助地护着头，强忍着的眼泪夺眶而出。

梦里不会痛，可她记得清楚，那鞋底上还插着针，这顿打让她整个肩膀都乌青一片，差点儿废了。

她倏然惊醒，脸上还挂着泪，唐子安推门而入时看见的便是这幅场景。虽然不记得，但他总觉得莫昭昭不该是这样的，她应该是开心笑着的，就像他记录里的那样，是个开心果。

他误以为她是独自在审讯室待了一夜害怕了，忙快步走过去安慰地摸了摸她的头："没事了，我们回家吧。"

回家？莫昭昭怔了一下，或许是唐子安的语气太温暖，恍惚间她竟觉得自己真的有家了一样。

抬头，一张苍白憔悴的脸撞入视线，莫昭昭这才猛然想起来，唐子安睡着后记忆就会清零，所以他这是一直撑着没睡吗？一天一夜不睡，还要维持大脑高速运转，他的身体本来就不好，怎么经得起这样折腾？

莫昭昭心中一慌，一骨碌从床上坐起来扶住他："你……你赶紧睡一会儿吧？"

"不用了，我们回去！"唐子安声音虚弱，但很坚持。

莫昭昭蓦地明白过来：这人没有安全感，他不敢在陌生的环境里睡着。

心脏隐隐作痛，她始终记得那一年，他作为招生代表来她的学校宣讲招生，那时候的他站在台上意气风发，整个人仿佛都在发光，明明是那样耀眼的一个人，为什么命运要让他受这种折磨？

"好，我们回去。"她垂眸，忍住心中的酸楚，扶着唐子安往外走。

刚走出警局门，一帮骂骂咧咧的人突然张牙舞爪地向她冲来，饶是局里的警察及时冲出来帮忙，她手背上还是被挠了一道很深的伤口。

他们嚷着"杀人凶手、毒妇、心狠手辣、偿命"等词，清楚这些人应该是马雯雯的亲属，莫昭昭考虑到死者家属的心情，忍住伤口一跳一跳的痛，尽量心平气和道："叔叔阿姨，你们误会了，我和马雯雯的案子无关，警方会查出真正的凶手，给你们一个交代的。"

"放屁，我看警方就是想包庇你这个凶手，因为你也是个警察。"

"就是，既然说有真凶，那就把真凶交出来啊，不交出来你别想走！"

……

家属七嘴八舌，现场乱成一团，纷纷要讨一个说法。

唐子安将她牢牢护在身后，掷地有声："谁说一定有凶手了？这案子目前并不能排除死者死于意外或自杀的可能。警察不会包庇任何人，也不会冤枉任何人，我们一定会尽快查出真相，给你们一个交代。"

说完，他趁着那些人没反应过来，迅速护着莫昭昭上了车。

吕梁负责开车，莫昭昭和唐子安一起坐在后排。因为破案而紧绷的神经骤然松懈，上车不一会儿，唐子安便抵御不住困意，双目开始失神。

了然他心中不安,莫昭昭咬牙狠狠掐了他一下,猛然清醒的唐子安愣了一下,随后递给她一个默契的笑容,莫昭昭的心跳再次乱了。

终是成功回到家,看着唐子安直奔卧室而去的背影,莫昭昭扯了扯嘴角,心头浮起点点失落。等他再醒过来,就会把今天的一切都忘了,那些默契、感动还有心乱的感觉,只有她一个人会记得。

强按下心头的酸涩,她简单炒了两个菜放在餐桌上,贴好便笺,这才有些不舍地回了学校。和学校老师简单说明了下情况,她回到宿舍只觉昏昏沉沉,一觉睡到天亮,醒来一刷手机,才发现马雯雯这个案子竟在网上炸开了锅。

马雯雯的父母离开警局后,接受了一家自媒体网站的采访,打扮朴实的老两口在镜头前哭诉自己女儿年纪轻轻就遭人杀害还碎尸扔进江里,尸体到现在都未找全,可警方不仅释放了凶手,还对他们说他们的女儿是自杀。

整个过程,老两口几度哽咽,最后更是抱头痛哭,完美地演绎出了一对求助无门的可怜父母。视频的标题也起得很具话题性——花季女孩惨遭碎尸,警方认定其为自杀。

如此槽点满满的帖子一发出来便被网友疯狂转发,顶上了热搜。下面是各种冷嘲热讽的段子和评论。看到有人说要去扒说这话的警察的身份,莫昭昭一下慌了神,胡乱抹了把脸,披了件衣服便往唐子安那里赶。

唐子安被莫昭昭狼狈慌乱的模样吓了一跳,问清楚情况后,心中有些好笑,这姑娘还真是傻得可爱,明明下面更多的网友说的是要扒凶手的身份,她却反倒来担心他。

"你就不担心自己吗?"

"我没关系啊!"看她笑得浑不在意,眼中只有对自己的担忧,唐子安心上忽然像被人扎了一下。

"没事,我让吕梁出个官方公关稿解释一下。既然我说了那样的话,一定是有把握的,你要相信我。"安抚地伸手在她头上揉了一下,唐子安微微一怔，指尖传来的触感有种异样的熟悉。可他明明什么都不记得，是属于身体和潜意识的记忆吗？所以即使没有任何记忆，面对这位小助手的时候，也会自然地觉得放松愉悦。

很快市局官微发布了马雯雯一案的阶段性案情通报。

简单扼要地说明了案情：三天前接到报案发现断指和衣物残片，根据蛛丝马迹精准分析，当日便锁定死者身份为在校学生马某某。

而后，警务人员辛苦地一次次潜入冰冷的江中打捞其他碎尸，法医们亦是不眠不休拼合碎尸。从案件发现到如今，不过短短三日，如今初步确认死亡时间为十天前，死因为溺死，死后被碎尸，不能排除自杀和意外的可能。该通报充分体现了警方的高效和警务人员的辛苦。

至于死者家属所说的凶手，只不过是因为曾与死者发生过冲突而被叫到警局配合调查的人而已，法医已经确认了此人无作案时间，故依法释放，不存在任何问题。

通报结尾针对被大众群嘲的"自杀式碎尸"进行了科普——

碎尸是指尸体受暴力作用而被分解成数段或数块，既可见于刑事犯罪案例，又可见于交通及工伤事故，地震、洪涝等意外灾害，偶见于动物对尸体的毁坏及水中尸体遭轮船螺旋桨切削等所致的碎尸。

警方已经掌握了足够的证据证明此案并非人为碎尸，因此确实不能排除自杀和意外的可能性。

最后希望广大群众不信谣不传谣，一切以官方通报为准。另外，人肉搜索是违法行为，网络不是法外之地，一经发现绝不姑息。

此通报发出后，网上的舆论迅速转了风向。

坐在电脑前的唐子安欣慰地笑了笑。

按吕梁的意思，通报只需要否认死者家属的不实说法，表示案件还在侦查中，无法向公众透露，但欢迎大家持续关注监督这个案子，警方会第一时间公布真相就够了。但他亲自对通报做了改动，不是为了自己，只是想让莫昭昭安心。

「明日记忆定格」

## 2. 无家可归

看到唐子安亲手改过的通报,吕梁微怔后缓缓笑了,真心实意地为好友感到高兴。唐子安出事后,他眼睁睁看着好友变得越来越冰冷,几乎失了生气,但莫昭昭出现后,他好像又活过来了,看来这个助手是找对了。

莫昭昭也看到了舆论风向的变化,长舒一口气,用星星眼看着自己的偶像:"大神,你好厉害啊!"唐子安熟练地在她脑袋上揉了一把,嘴角微不可察地弯了弯,语气却是一如既往地冷淡:"行了,工作吧。这案子你不用回避,吕梁把资料发到邮箱了,你先帮我做下案情梳理。"

莫昭昭后知后觉反应过来:"怎么这案子也归我们管了?我们不是未解决事件调查组吗?"

"这不是为了救出被卷进去的你吗?我向局里特别申请的。"唐子安瞥了她一眼,"你运气真的一直都这么差?"

这话扎心了!莫昭昭瘪着嘴,委屈巴巴地看他,换来唐子安苏死人的一声轻笑。阿Q·莫捧着脸,转念一想又觉得心里甜丝丝的,大神做这些可都是为了她啊,超开心。

怀着这种心情,莫昭昭这一天跟打了鸡血似的,只觉得一眨眼就结束了一天的工作。

回到学校,莫昭昭没想到自己竟又看到了马雯雯的母亲,她带着个小男孩在校门口拉了横幅,撒泼打滚闹着要学校负责。

面对一个中年妇女和一个小男孩,门口的保安根本不敢上前,生怕被碰瓷,只能由着他们在门口胡搅蛮缠。

马母哭天抢地,翻来覆去说着女儿多懂事,对弟弟多好,从高中开始就不要家里一分钱,还往家拿钱,如今女儿死了,没人给她养老,没人照顾弟弟了。

负责的老师试图说理,但马母充耳不闻,张口就要学校赔600万,不然就要把马雯雯的尸体抬到学校门口来。

莫昭昭顷刻间明白过来，他们根本不是在意女儿，只是想要利用死掉的女儿，最后再捞一笔钱罢了。目光扫过马母身边那个与马雯雯长相相似的小男孩，一些被深埋的记忆一下子浮上来，马雯雯对他们来说到底算什么呢？怎么就能够这样毫无负担地去压榨？强压下恶心的感觉，她按住发痛的太阳穴，身心俱疲。

"马雯雯是个成年人，她请假，学校按照流程批假，她在校外出事，和学校有什么关系？"拨开人群，走到坐在地上撒泼的马母面前，她居高临下的目光冷得像两把泛着寒光的匕首，让马母本能地一哆嗦，哭声都哽回了喉咙。

莫昭昭冷冷一笑，声音越发低沉："别以为我不知道你们是怎么对马雯雯的，如果马雯雯是自杀，那也是被你们逼死的。"

马母猛然瞪大了眼，浑身颤抖，显然是被戳中了痛点。不待他们反应过来，莫昭昭耍完帅扭头便走，因为要走得快但又不能显慌乱，竟生生走出了一股走路带风的气场。

唐子安拉开门，看见一小时前离开的莫昭昭背着个鼓鼓囊囊的双肩包，低着头站在门口，有些疑惑："怎么回来了？"

莫昭昭当然不会说自己没控制住情绪，发泄一时爽，事后悔断肠。她发泄的时候仗着就马母在，所以有恃无恐。但马家一帮亲戚都不是讲道理的主，自己就一个人，万一被打了，找谁说理去？

于是，她发动戏精技能，一秒变脸，抬起头已然是一副泫然欲泣的神情："大神，你能不能收留我两天？马雯雯那帮亲戚堵在学校门口，看我的眼神恨不能手撕了我。案子没结之前，我是回不去了。"

唐子安上下打量了她一眼，小姑娘眼眶微红，声音发抖，弱小可怜又无助。没想到小助手演技这么好，行李都带过来了，这不是吃定了自己会收留她吗？他心中发笑，面上却半分不显，平平道："那就来帮忙，尽快破了这案子。"

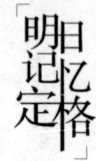

作为一名优秀戏精,莫昭昭拥有收放自如的演技,目的达成,一秒出戏,绝不拖泥带水。

见唐子安径自进了屋,她连忙跟上,只见唐子安在占了一面墙的黑板中间贴了一张放大的局部地图,地图周围写满各种计算公式。

莫昭昭四下一打量,发现堆满东西的桌面最上面多了一份传真。

在发现马雯雯身上的伤是螺旋桨造成的后,警方立刻对那段江面进行了封锁排查,时间过去这么久,警方其实对此并不抱什么希望。没想到竟真的找到了,因为马雯雯手上戴着一个金镯子,螺旋桨在给她造成伤害时,切割到了金镯子,猛烈的撞击让金子碎片嵌入了螺旋桨的叶片上。

地图上做了几处标注,分别是警校位置、下车点、打捞到碎尸的位置、这艘货轮的航线和时间、当日的水流速度、马雯雯离开学校的时间、行走方向和当天的行走步数以及行走公里数等。

"你在计算马雯雯当日的行动路线?"莫昭昭明白过来。

唐子安"嗯"了一声,笔下不停。莫昭昭知道他不能分心,于是也不再打扰他,自去查看一旁开着的电脑。打开的文件夹里是警局发过来的监控视频,她迅速查看了一下,根据监控的追踪可以清楚地看见——案发当日,马雯雯下午6点离开学校后,上了门口的350路公交车,然后6点45分在文昌路口站下了车,进了地下商场,后面监控就捕捉不到她的身影了。

抬眼看地图上,唐子安以她的下车点为圆心、行走公里数为半径画了一个圈,刚好和江堤重合,看来她是步行过去的。3公里的距离,按正常成年人的速度,应该用不了一小时,如果她没有去干别的事,约莫8点就应该到达江边。

莫昭昭皱了皱眉,她记得每晚江面都有灯光秀,很多游客会拍照。既然没有人看见马雯雯落江,那么她坠江时间至少在晚上10点之后。

手机记录下的公里数表明在这空白的两个小时里，马雯雯没有去别的地方，应该是待在一个固定的地方。那么她是和人见了面，还是独自待着？

莫昭昭本能地朝唐子安看了一眼，这一看便没能移开眼，他微微欠身，单手插兜专注地在黑板上演算着，有几根凌乱的发丝挂下来，随着他的动作在额角一晃一晃，因着有咬唇的坏习惯，双唇被他蹂躏得格外嫣红，越发衬得脸色冷白。因为自信专注，双眸中的光芒比启明星还耀眼。即使命运带给他这样的磨难，他依旧是那个熠熠生辉的青年才俊、警队之光。

不知看了多久，唐子安哑声说了一句"好了"，莫昭昭连忙收回目光，装作无事发生过一样凑过去看地图，只见从文昌路到江堤，他一共标出来三条可能的路线。

莫昭昭飞快地看了两眼，唐子安是根据货轮驾驶员回忆出的"异常颠簸"发生的时间进行倒推的。得出了路线，接下来要做的便是从对应路段的监控视频中找到马雯雯来验证哪条路线才是正确的。这工程量也是巨大的。

看一眼因用脑过度而显得面色苍白的唐子安，莫昭昭将他按进身后的按摩椅中："你闭目养神休息一下，监控我来看。"不等唐子安反驳，她挑眉一笑，有些小小的得意，"别的不说，我的动态视力和记忆力还是很不错的，你就瞧好吧。"

双开了两个窗口，她淡定地选择 8 倍速，每组看 5 分钟，没发现就关掉换下一组。

看莫昭昭一次又一次关掉视频，神色没有半点不耐和怀疑，唐子安不由得问道："你就这么信任我？"

"你前天也问过我这个问题。"莫昭昭点了暂停，回头给他一个灿若春花的笑，"我当然相信你，毕竟你在我心里可是无所不能，神一样的存在啊！"

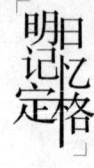

　　或许是她的笑容太耀眼、眼神太真诚,这种怎么听都是吹捧的话竟叫唐子安心中生出一丝暖意,嘴角不受控制地翘了翘,萦绕心间的那股疲惫也似减轻了不少。他不由得失笑,难怪世人皆爱听人拍马屁戴高帽,看来自己也不能免俗。

## 3. 不是祸害

十组视频看过去，终于找到了马雯雯的身影。莫昭昭往回倒了一下视频，倒到马雯雯第一次出现的时间，和她推断的差不多，8点马雯雯到达江边，然后就一直在江边徘徊。虽然监控中看不见脸，但看得出她整个人很颓然，显然是已经存了求死之心。10点左右，江上的灯光逐渐熄灭，游客也纷纷散去，马雯雯没有往江堤方向走，却突然转身离开江边。

虽然有些诧异，但莫昭昭手下不停，熟练地切换着监控录像，一路追踪她进了路边一家破烂小网吧。8倍速的视频快进了二十多分钟，马雯雯才从网吧出来。暂停看一眼时间：晚上12点55分。

出了网吧之后，马雯雯脚步虚浮但坚定地向江堤走去。没了灯光映照的江面很黑，监控中隐约可以看见她的身影爬上了江堤，然后消失不见，约莫是投江了。

关了视频，莫昭昭转头看向唐子安："我想去一趟那个网吧。"马雯雯在那家网吧待了近三小时，出来后便带着孤注一掷的气势跳江自杀了，那个网吧里一定能找到什么。

唐子安看了眼时间，已经是晚上10点多了，他犹豫了："太晚了，你一个女孩子。"

莫昭昭摇了摇头，看着他的眼睛，格外认真："组长，我是警察，是你的助手，不是什么女孩子。"

唐子安一愣，是啊，她是个很厉害的警察，是来帮助自己的。或许是她看起来太温暖无害，又表现得太过崇拜自己，自己竟真的将她当成了一个需要保护的对象。可是现如今的自己早不是那个被誉为"犯罪克星"的唐队长了，而是个连独自出门查案都做不到的废物，又能保护得了谁呢？

他心里想什么都写在脸上，莫昭昭却只当没有看出来，因为知道苍白的安慰之语毫无用处。

> 明日记忆定格

她只是麻利地从自己带来的包里翻出警用八件套系好,摸着空荡荡的枪套,长长地叹了口气:"可惜不能配枪,我枪法超好的。"说着,她突然眼睛一亮,"噔噔"两步跑到唐子安身边,踮起脚去拿他身后置物架上那把做工精致的手枪模型。骤然靠近的身体让唐子安一时手足无措,连呼吸都停滞了。

但其实莫昭昭动作很快,前后不超过三秒,模型在手指上耍帅地转了个圈插进枪套,她满足地笑起来:"喏,假作真时假亦真,聊胜于无。"

等唐子安意识到自己笑了时,莫昭昭已经转身往门口走了。他摸了摸自己的嘴角,难怪自己在笔记中一再强调小助手是个开心果,她身上仿佛有一种魔力,即使没有记忆也会被她感染。

"你自己小心!以自身安全为先。"

"放心吧,我的身手你见过的。"她一顿,想起来唐子安不记得,忙转了话头,"警校考试我可是全科第一。"打开门,她对院子里躺着的小乖招招手,给它扣上牵引绳:"养狗千日,用狗一时,而且这案子也算是你惹出来的,所以跟我一起去查案吧!要保护我哦!"

小乖也不知是不是真能听懂,"汪"了一声,尾巴摇成了螺旋桨。

"嗯,真乖,来,摸摸狗头。"

唐子安笑看一人一狗互动,从抽屉里找出尘封许久的车钥匙递给她,却被她推了回去:"我不会开车,没时间也没钱学。"

"那你拿着打车。"唐子安从钱包中抽出几张钞票递过去,他的记录里可是特意记了这小助手很穷,据说之前不仅勤工俭学,还打了三份工。

果然小助手立刻眉开眼笑地接了过去,当真是满脸都写着开心。真是个容易满足的孩子啊!唐子安心中感慨,回去认真地在记录本上补充:答应给她报销可让她开心。

莫昭昭叫了车,一开始司机见她带着狗还不乐意,她只能亮出警官证,小心翼翼地遮住底下的"实习"两个字,对方这才同意。

一进网吧门，果然又因为小乖被拦了下来，这次莫昭昭亮证熟练多了。一见她是警察，对方立刻变了脸，即兴演绎前倨后恭。

莫昭昭说了自己只是来找人，报了马雯雯进网吧的时间点，不出意外地没有查到马雯雯的名字。这网吧经营很不正规，并不需要核对身份信息，只要报个身份证号就能上网。然而看到对应时间段那个名字时，莫昭昭顿时无语，马雯雯用的身份信息竟是她的。这人究竟是没朋友还是恨她啊？

找到马雯雯当时上网的那台机器，她迅速检查一番，果然是消除了浏览痕迹，不过马雯雯在学校一直是个吊车尾，她消除的痕迹，莫昭昭三下五除二便恢复了。

刷出来的网页应该是马雯雯的私人账号，她似乎是将这个账号当作树洞一样的存在，各种心事都写在上面，而最后一次更新的是一封遗书。看得出她死前的心情还是挣扎的，遗书颠来倒去写了很多东西，而正是这些一点一滴叠加在一起，当最后一根稻草落下的时候，她终于放弃挣扎，毅然决然地离开了这个世界。

莫昭昭呆呆地坐在电脑前，她怎么也没想到，在马雯雯的遗书里，自己竟算得上是造成她自杀的关键因素。

脑中蓦地炸开一道声音："你就是个祸害，谁跟你在一起谁倒霉。你怎么不去死？怎么不去死？"

脸上瞬间褪去了血色，苍白如纸，她双唇微张，无意识地低喃："不，我不是。"可脑中的声音不肯放过她，渐渐不是一道，而是很多道，一声一声对她道："你是个祸害，你怎么不去死？"

眼前变得一片血红，她看见满地的鲜血，那样艳丽却散发着浓浓的死气。

她浑身颤抖，明亮的双眸失去光彩，漆黑的瞳仁黯淡成两口看不见底的深井。

## 4. 渴望温暖

直到指尖传来一阵温热,她才慢慢从梦魇中回转过来。小乖蹲在她脚边,大大的眼睛里盛满担忧,一见她恢复了神志,便激动地往她身上扑。

摸着小乖柔软的毛,她缓了缓神才注意到口袋中的手机坚持不懈地唱着"别看我只是一只羊"。

刚按下接听键,唐子安焦急的声音便传过来:"发生什么事了?怎么一直不接电话?"

"你怎么还没睡?"莫昭昭的大脑还有些混沌,听见他的声音,本能地问道。

唐子安显然愣了一下,但提着的心也随之放下:"你没回来,我怎么放心去睡?"

莫昭昭第一反应是已经12点了,她家大神的身体不能熬夜,于是丢下一句"那我马上回来"便果断挂了电话,记下马雯雯主页的地址,急匆匆打了车往回赶。

下了出租车,莫昭昭看着眼前这个为她亮着灯的小楼,心头涌过一股暖流,有家的感觉大概就是这个样子?真好啊……

唐子安一直守在门口,一听见汽车声便立刻拉开门,与莫昭昭满怀憧憬和渴望的目光相对,他微微一怔,很快明白过来,她在渴望什么。

他看过莫昭昭的资料,她是在十四岁时被现在的养母收养的,十四岁之前的经历是一片空白。而收养她的这位养母是著名的慈善家,名下收养了不少孩子,说是收养她,但充当的更像是个资助人的角色。她大概从不曾享受过家的温暖,所以自己这样一个微不足道的举动便能叫她满足。更难能可贵的是,即使这般,她仍是努力长成了现在这温暖坚强的模样。

莫昭昭看见他,立时绽开一个微笑,快步向他走来:"大神,我找到马雯雯的遗书了,明日将遗书交给马家人,这案子就可以结了。"

"好,我看看,你辛苦了。"唐子安看着她有点心疼,忍不住便想要对她好一点。"

唐子安将那封遗书以及死者账号上过往的内容都看了一遍，马雯雯的形象在心中逐渐立体。

这是一个因为长期活在压抑和不甘之中，内心变得极其自卑脆弱，表现出来的性格便呈现出敏感易怒、无法相处等特征的女孩。

马雯雯出生在农村，家里条件不好，有一对重男轻女的父母和一个被宠坏的弟弟。父母的眼中完全没有她，他们只会对她吆来喝去，指使她去做家务，不停地在她耳边念叨让着弟弟照顾弟弟，她活得仿佛这个家里的保姆。如果不是她拼了命地念书，努力拿奖学金并发誓工作后努力赚钱给弟弟买房娶媳妇，在她十六岁那年就会被家里嫁出去，换一笔丰厚的彩礼。从原生家庭中，她不曾得到过哪怕一丝的爱。

填报大学志愿时，父母因着警校能够减免学费，便自作主张改了她的志愿。可她自卑内向，根本不是当警察的料，于是进了大学后连成绩好这个唯一的优势也丢了，她根本不知道自己该何去何从。

就在这时候，被她形容为"照进她黑夜里的一束光"的男生出现了，在她最狼狈的时候，他像个踩着七彩祥云而来的大英雄一样从天而降，解救她于危难之中。后来，他们便时常巧遇，不像其他人总用厌恶的眼神看着她，这个男生会对她笑得很温柔。

马雯雯原本没有过奢望，那样好的男生，她从未想过自己能配得上。只是远远地看着，看着他对自己笑一笑，这就足够支撑她活下去了。他是她的光，是她唯一的希望。

可是，他竟记得她的生日，还送了她精心准备的礼物。他也会在她难过的时候，送上安慰的话语。他表现得这么明显，虽然没有表白，马雯雯觉得这人应该也是喜欢她的。那是她最快乐的日子。

然而，这份快乐很快被击得粉碎，她当成人生中唯一光芒那样喜欢着的男生竟托她给莫昭昭递情书。

马雯雯不敢相信，明明这人给了她恋爱的错觉，她不敢想象这人对

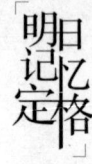

自己好,可能只是为了接近莫昭昭。她宁可相信是莫昭昭勾引了对方。

一时间,她恨极了莫昭昭,在这么一位处处优秀的室友的对比下,她的无能、她的不堪像是被放大了。莫昭昭明明已经拥有了那么多,老师赞赏她,同学喜爱她,她为什么还不满足,还要抢走她唯一的希望?

心中压抑了三年的嫉妒情绪喷涌而出,所以那天她迁怒地对小乖下了手。可是,出手之后不仅没有得到发泄,心中却越发痛苦。

她心爱的男孩那么优秀,自然应该喜欢上优秀的女孩子,不是莫昭昭也会是张昭昭、李昭昭,总之不会是她。除了这个男孩,她早就不知道自己为什么而活了,如今活着的唯一希望没了,她的世界重归黑暗,所以她决定离开这个世界。

唐子安轻轻叹了口气,马雯雯的人生可以说是个彻头彻尾的悲剧。

"这封遗书交给马家人,对你和你男朋友都会是个麻烦。"

"男朋友?"莫昭昭一脸茫然。

"你没有答应?"

莫昭昭反应过来他说的是什么,顿时一脸无奈:"马雯雯根本没有给过我什么情书,我都不知道这个男生是谁。"

唐子安的神情顿时有些一言难尽,看马雯雯遗书,她那么恨莫昭昭,正常人都会以为莫昭昭和那个男生在一起了,所以马雯雯才会大受刺激。搞半天莫昭昭根本什么都不知道!

说句对死者不敬的话,也幸好她胆小怯懦只敢选择自杀,如果她偏激一点、疯狂一点,不是自杀而是杀了莫昭昭,那对莫昭昭来说可真是防不胜防,毕竟她们住同一个宿舍,她要下手太容易了。

看着好端端坐在自己面前的莫昭昭,唐子安无比庆幸却也更加坚定了不能就这么把遗书交出去的念头。他的小助手这么好,凭什么要遭受这种无妄之灾?警察要对真相负责,但更要保护无辜群众。死者为大,不代表生者的权益就要为死者让道。

"遗书先不急着交出去,明天你回学校去找找信上说的这个男生。"

他是真的有些气，马雯雯还真是爱得深沉，男生的名字从始至终没有出现，莫昭昭的名字倒是生怕别人看不见一样写了一遍又一遍。存的不就是就算遗书曝光，倒霉的也只是莫昭昭，丝毫伤害不到她的爱人的龌龊心思吗？

莫昭昭虽然有些疑惑，但还是很听唐子安话的。但她怎么也没想到第二天她好不容易找到这位"光一样的男生"后，却从他口中听到了另一个截然不同的故事。

MINGRI JIYI DINGGE

# 第三章

## 陈年旧案

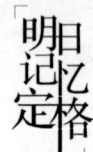

## 1. 记忆可信吗

虽然马雯雯在遗书里完全没有提及她恋慕的男生姓名,但真想查也不是什么难事。毕竟遗书中透露了那么多蛛丝马迹,稍稍打听排查了一遍,莫昭昭便锁定了目标人物。

"你好,请问乐正禹在吗?"

来开门的男生骤然瞪大了眼:"莫……莫昭昭?"

"是我。"莫昭昭很有礼貌,微微一笑。

这一笑直接给这位男同学笑掉了魂,半晌才回魂,脱口道:"正……正哥,女神找你!"

在警校这种男女比例9∶1的地方,颜值高、成绩好的莫昭昭是大多数男同学心目中的女神。只不过她本人忙着学习,忙着打工,所以对此一无所知。

乐正禹被两名室友笑着推过来,看向莫昭昭的眼神有些局促不安:"莫……莫同学。"

莫昭昭认真打量这人,倒是长了一张阳光帅气的脸,不过对方的脸迅速红了。她这才后知后觉地反应过来这人给自己写过情书。

一股突如其来的尴尬在两人之间蔓延开来。问题是,她一会儿要和他谈论马雯雯自杀的事,那就避不开情书这个话题,她连装傻都不行。

努力靠演技撑出一副公式化的笑容,莫昭昭假装看不见他身后室友的挤眉弄眼,道:"乐同学,你现在有时间吗?我有些事情,想和你单独聊聊。"

"哦哦,好的。"乐正禹点点头往外走,然后就同手同脚地撞到了门框上。

这个系草怎么有点傻乎乎的?

对上乐正禹几分懊恼、几分忐忑的目光,莫昭昭莫名觉出几分眼熟,顿时心中一慌——等等,自己在唐子安面前不会也这么傻吧?莫昭昭一阵心塞。

两人一路无话地走出男生宿舍，在路边找了条长椅坐下，莫昭昭开门见山："马雯雯同学去世的事想必你知道了。"

乐正禹一愣，显然是没想到她要说的是这件事。莫昭昭却没管他的心思，简单扼要地将马雯雯自杀的情况讲述了一遍。

听到马雯雯自杀的原因，乐正禹整个人一僵，不可置信、懊恼、慌乱、内疚等一系列情绪从他眼中闪过。

注意到他神情的变化，莫昭昭心中浮起一丝不祥的预感："有什么问题吗？"

乐正禹张了张嘴，几度欲言又止，莫昭昭也不催促，只安静地等着，半晌他才格外沉重地吐出一口气，捂住脸，声音低沉，带了几分苦涩："不……不是我，带给她光和温暖的那个人不是我。"

莫昭昭眉尾轻轻一颤，乐正禹低着头从手机里调出一张合影。照片上，站在他身侧的是一名又黑又瘦、其貌不扬的男生。

"他叫孙明，是我的室友。"乐正禹低声缓缓讲述出一个悲伤的故事。

孙明是在军训时注意到马雯雯的，为了跟上大家的进度，她在每日的军训结束后还偷偷留在操场上独自训练。虽然俗话说"一分耕耘，一分收获"，但并不是所有的努力都会有回报。橘生淮北则为枳，努力的方向不对，越努力越绝望。

从马雯雯身上看到了自己的影子，孙明不自觉地开始关注她，看着她从咬牙坚持到崩溃大哭。心疼的感觉让孙明意识到自己喜欢上了马雯雯，然而自卑如他，却只敢悄悄关注着她，没有站出来的勇气。

误会是因为一次全年级的越野拉练，马雯雯不慎摔下一个小土坡，一直关注她的孙明及时发现情况将她救了上来。

可是，人们眼中往往都只能看见远处那个光芒四射的人，看不见自己身边的人。明明是孙明和乐正禹一起将她救上来的，她眼中却只看得见乐正禹。

见此情形，好不容易鼓起一点勇气的孙明再次缩回了自己的蜗牛

壳中。

后来，每当马雯雯需要帮助时，总是乐正禹代替孙明出面。虽然乐正禹每次都会说自己是代替朋友给她帮助送她东西，但由于这个朋友一直没出现，马雯雯便相信了网上所说的"我的朋友就是我"，乐正禹只是性格有点别扭，不好意思直说。

马雯雯知道自己喜欢上了乐正禹，乐正禹虽然对她很好，却从未对她说过"喜欢"二字。于是她也不敢开口表白，怕开了口会失去这份温暖。她知道自己配不上乐正禹，所以只能拼命压抑自己的感情。因此，乐正禹根本没想过马雯雯喜欢他。

两个极度自卑的人，心里藏着喜欢却都没有说出口的勇气，最终成了这样一场悲剧。

"莫同学，我能拜托你一件事吗？"乐正禹乞求地看向莫昭昭，"这件事能不能不要告诉孙明？我怕他……怕他接受不了。"

马雯雯或许有一点没说错，这个人真的像光一样，温暖光明。明明没有做错任何事，却要平白担上这么沉重的一份自责内疚，正常人多少会觉得有些委屈，可他没有。他第一时间担心的是自己的朋友，似乎完全没想过，孙明知道真相后或许会迁怒于他。

"我会尽力试试不公开遗书。"莫昭昭心情有些复杂，她怎么也想不到真相会是这样。看马雯雯遗书中写的，她真以为乐正禹和马雯雯有过暧昧，如今看来，记忆是会骗人的，一切都是马雯雯自己的幻想。

想到马雯雯父母在学校门口撒泼大闹的情形，她完全能够想象得到，如果让马家人看见这封遗书，会怎样纠缠家世不错的乐正禹。可是乐正禹在这件事中何其无辜，她实在不希望看见这样的事情发生。

幸好唐子安让她别急着将遗书交出去，大神不愧是大神，考虑得就是充分。莫昭昭充分体现出了一个脑残粉的自我修养——即使大神听不见，也要拍大神的彩虹屁。

回到唐子安的小楼，莫昭昭将情况向唐子安汇报了一遍，说了自己的担心,当然没忘记真情实意地夸赞唐子安一番。

唐子安看了她一眼,无奈又好笑地摇了摇头:"担心别人,你怎么就不担心担心你自己?"

这反应让莫昭昭愣了一下,迅速翻找记忆,得出一个让她激动无比的结论——大神对她的真情赞美似乎在一点点习惯,不再像第一次那样无所适从。所以,即使记忆每天都清零,朝夕相处的自己还是能在他心中留下一点痕迹的,对吗?她嗫嚅了两下,最终没敢说出来,害怕只是一场空欢喜。

压下心中激荡的情绪,莫昭昭扯出一个若无其事的笑:"那不一样,我战斗力强,又是个穷光蛋,我不怕他们,但乐正禹不一样。"

"他怎么就不一样了?"看莫昭昭这么维护这个男生,不知怎的,唐子安莫名有些不太舒服。

莫昭昭眼神放空片刻,那空洞的眼神刺到了唐子安,不用多年经验也能判断出她一定是想到了什么不好的事情。

失神很短暂,她收回情绪摇了摇头:"总之他和我不一样,他不必……经历这种事。"

唐子安敏锐地抓住她话中的关键——就是说她经历过?记得资料上写了莫昭昭是被收养的,而收养之前的人生一片空白,所以她经历过什么?

他想问,却没有询问的立场。

"可是遗书是死者的遗物,怎样才能不给死者家属呢?"莫昭昭眉头紧皱,一副苦恼的模样。

虽然没有记忆,潜意识却觉得她不该是这样的,她应该……应该是笑着的。

"那就不提遗书的事。"唐子安斩钉截铁道。

"不提?"莫昭昭一怔,"不提遗书就这样通报结案的话……"

"会遭到质疑吗?"唐子安看着她的眼睛,认真道,"你要记住,

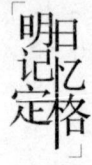

警察的工作不仅仅是查明真相,更是要保护无辜的公民。法理之外有人情。不过是一些骂名,我们担了便担了,问心无愧便好。"

莫昭昭被帅了一脸:"呜呜,我太感动了。大神,我更爱你了!"

"这不是我做的决定,也不是我能决定的。这是局里商议后一致同意的。"唐子安不好意思地咳了一声,并不居功。虽然如此,莫昭昭依旧真心实意地认为这一定是她家大神努力的结果。

最终,警方和学校就此事商量后,本着人道主义精神给了马雯雯父母一笔钱,这件案子就这样结案归档。

而网上警方通报下面,虽然公布了那段马雯雯自己走向江堤的视频,下面仍有很多恶意揣测的言论。

"就知道会是这种结果,警察说你自杀你就是自杀。"

"最开始那个女嫌疑人呢?校园暴力呢,怎么不解释?果然有黑幕。"

"难怪破案率高,破不了的就说是自杀就是了。"

……

虽然早有准备,但莫昭昭看着这些评论,还是觉得心口堵得慌。

"不舒服就别看了。你为真相和死者负责就可以了,以后这样的事情还会有很多,想当警察可不能玻璃心。我可不想你因为这事和我请假去看心理医生。"唐子安语气平平,头也没抬。

莫昭昭抿着嘴偷乐——真没抬头怎么会发现她不开心?

"对了,你为什么想当警察?"被她笑得坐立不安,唐子安生硬地起了个话头。他刚刚查看过莫昭昭的档案,她是那年的市高考状元,分数超过警校几十分,填志愿时却毅然选择了警校刑侦专业,带着一股势在必得的气势。

"当然是因为你是我的偶像啊!"说这话时莫昭昭眼角微微挑起,几分真诚几分玩笑。唐子安突然一阵心跳加速,不知所措地移开眼,半晌听见莫昭昭一声轻笑,他有些茫然地按了按心口,不知自己是怎么了。

## 2. 记忆牢笼

向下延伸的台阶隐没于一片黑暗中,他握紧手中的枪小心翼翼地往下走。因为看不见,所以每一步都走得很谨慎,一共13级台阶却走出一身冷汗,刚踩到平地上,还未来得及和身后的搭档说一句话,突然一阵劲风迎面袭来。

他就地一滚,险险避过,对着攻击袭来的方向开了枪。

黑暗中似乎听见一声闷哼,射中了吗？他想站起身,脑袋却突然一阵剧痛,有血模糊了视线,意识涣散之时,他的眼前亮起了光,似乎看见远处搭档倒在血泊中。

唐子安猛地睁开眼,冷汗涔涔,他无意识地揪住身上的被子,是梦？

不,不是！他捂住头痛欲裂的脑袋,眼睛发红,艰难地吐出一个名字："邵捷……"

邵捷倒在血泊中的画面狠狠刺激着他的神经,那不是梦,是刚刚发生的事情！

他慌乱地掀了被子要下床,一抬眼对着床头的墙上写着巨大的字——不要慌,你的记忆出了问题,先看看手臂上的字,你会相信。

唐子安一愣,墙上确实是自己的字迹,但他不记得自己写过。虽然仍然很茫然,但冷静的性格已让他迅速做出了正确判断。按照提示低头查看自己的身体,果然见胳膊上也写了字。

字迹写在右臂上,是他左手字的笔迹。看来确实是他自己写的,毕竟没人知道他左手也能写字,更没人见过他左手字的字迹。这样相互验证的做法也符合他的性格。

手臂上写的是——看床头柜上的诊断书和日历。

诊断书将他的病症解释得很清楚,他脑部受到重创导致记忆定格在出事那天,之后产生的记忆会随着每一次入睡而清零。

定格在了那一天吗？难怪……难怪那记忆那样清晰,他捂了捂脸,镇定了几分钟,看着诊断书里的那句"邵捷推断死亡",感觉心口堵得

喘不上气来。

邵捷与他从大学起就是好友兼室友，毕业后自然成了搭档，他们一起出生入死，破获各种大案要案。

唐子安揪着心口的衣服闭上眼，邵捷一动不动地躺在血泊中的场景在脑海中挥之不去，满地鲜血那样猩红，刺得他双目发疼。

好一阵情绪才逐渐平复，唐子安胡乱抹掉眼角的泪痕看向日历。日期显示距离他出事已经过去大半年。

虽然仍觉得不可思议，但他接受度良好。

按照日历上的提示，他起床去拿书桌上的笔记本，不小心碰翻了桌边一摞案宗，发出噼里啪啦一阵乱响。

正在厨房里做饭的莫昭昭听见动静，吓了一跳，连忙关了火赶往二楼。她敲了敲门：“大神？你没事吧？”

突如其来的声音吓了他一跳，幸好这时他看见了笔记本封面上贴着的便利贴——特别提示：助手莫昭昭暂住家里，照顾你的起居。

"莫昭昭……"将这个名字念了一遍，虽然毫无记忆，出口时却有种微妙的熟悉感。这或许是来自身体的本能记忆。

大约是见他没有回应，敲门的声音急促了一些，声音中的担忧之情听得真切。他捏着便利贴，目光落在"莫昭昭"三个字上微微发怔，似乎有些明白自己为什么会让这个小助手住到自己家中来了。

"我没事。"唐子安开了口，出口才发现自己的声音沙哑虚弱，听着就不像是没事的样子。果然门外的人并没有离开，显然是不放心。他清了清嗓子，难得多解释了一句："不小心碰翻了东西，真的没事。"

"没事就好，吓我一跳。那我回去做饭了。"门外的声音长松了一口气，多了几分轻快。

二十分钟后，大致了解完目前情况的唐子安脸色有些苍白。不知该庆幸还是觉得讽刺，一天记忆就清零的他，一目十行过目不忘的天赋还保留着，但也多亏了这天赋，不然光是看完资料，一天就得过去大半。

他出来时，莫昭昭正坐在餐桌边，翻阅着一本很厚的黑色笔记本。

唐子安眉头微蹙，这笔记本有一种让人很不舒服的感觉。

"马雯雯遗物，"对上他投来的目光，莫昭昭解释完后讽刺地笑了一声，"她家里人拿了钱就回去了，根本没来收拾她的遗物。"

唐子安走过去，只见扉页上用红色的钢笔写着一句让人绝望的话——你就是行走的垃圾，在这个冰冷的社会，你永远也得不到温暖和理解。

这是一本非常混乱的笔记本，里面有课堂笔记，有日程安排，也有各种胡言乱语。可以看得出来，笔记本的主人心理状态非常糟糕，文字中自卑压抑和绝望的情绪几乎要实体化，她一边拼命努力，一边不停地自我否定贬低自己。仿佛身体里有两个小人在自我拉扯。

看着笔记本上雷打不动的 4 点 20 起床和 11 点 50 睡觉，莫昭昭感到一阵窒息："她把自己逼得也太狠了吧？我看着都觉得好累好压抑。"

唐子安突然抬头看了她一眼，见她情绪很低落的样子，心头一颤："在想什么？"

莫昭昭苦笑："如果她的室友不是我，她是不是就不会死了？身为室友，我却对她毫不关注，没有发现她的问题。她对温暖和理解那么渴望，如果我对她多一点关心……"

唐子安眸色转深，根据他的记录，莫昭昭不是这种会无端自责的人。她的确没有关注马雯雯，可比起马雯雯对她的仇恨，莫昭昭的所作所为无可指摘。

"不会，她的自杀倾向非常明显，她也不信任你，你救不了她。"唐子安突然合上笔记本，"别再看了，这笔记本不对劲。"他的第一感觉没有错，这本笔记让人非常不舒服，似乎不知不觉就会被其中那股厌世的负面情绪所影响。虽然对心性坚定的人不会有太大影响，但心情低落是免不了的。

被他这么一说，莫昭昭也反应过来自己的情绪有些不对。

"去旁边的健身房跑步吧。"唐子安的关心还是很冷淡,但对莫昭昭来说,来自大神的关心还在乎什么态度?

于是她乐滋滋地去了健身房,不得不说唐子安这健身房真是设施齐全,甚至有个淋浴间。跑了二十分钟,打了一套拳,运动带来的热血感驱散了心头的负面情绪。恢复理智的脑子想到一个问题——是因为想要自杀所以写下的文字释放出强烈的负面情绪,还是因为文字中蕴含的负面情绪,所以让人想要自杀?

正思考得入神,电话铃声响起,刚好冲完澡的莫昭昭擦着头发心不在焉地从健身房走出来。循声望过来的唐子安猝不及防瞧见一幅美人出浴图,作为一个沉迷工作无心恋爱的大龄男青年,唐子安一下子涨红了脸,慌忙移开眼。

莫昭昭完全没注意到唐子安那边的动静,她握着手机,看着屏幕上跳动的"吕队长"三个字,脸色不太好。

"你马上来警局一趟,带上那只警犬。"吕梁的声音格外严肃,说完便挂了电话,不给她多问一句的机会。

莫昭昭的心沉了沉,吕梁交给她的任务是监视唐子安,这通电话既然没有经过唐子安,直接打给她,显然和唐子安有关。

勉强收拾了一下心情,她走到唐子安面前:"大神,我要回学校一趟。"

"嗯,去吧。"唐子安看起来不疑有他。但其实他对微表情的敏感度堪比测谎仪,一眼便看出她在说谎。

他也知道局里并未完全相信他在那件案子里的无辜,一定会让人看着他,他倒不觉得这有什么。案子那种情况,换他是吕梁也会做一样的决定。

却见已经走到门口的莫昭昭突然回头跑到他面前:"对不起,大神,我不是去学校,而是去警局。吕队长让我监视你来着。"

唐子安被她不按套路出牌的气势惊了一下,素来情绪不显的脸罕见地露出一丝茫然:"啊……你怎么……"

莫昭昭蹲在他面前笑嘻嘻道:"我可是你的脑残粉啊,脑残粉不就该无条件相信自己的偶像吗?"

唐子安没说话,一来觉得她说的不是真话,二来不知道要说什么。

"好吧,我就是觉得你肯定早猜到了。"她嘴角一撇,瞬间敛了笑,堪比翻书的变脸速度倒是不愧自己给她贴的"戏精"标签。只是从他这个角度看过去,低着头的莫昭昭神情似乎有些难过,"我不知道大神你怎么想,但如果是我的话,我会难过。而我不想你难过。"

唐子安放在裤腿上的手猛然一紧,莫昭昭仰起头,两人四目相对。她黑亮的眼中映着他的影子,而她一字一字无比真诚道:"所以我想告诉你,我相信你,从始至终。"

### 3. 无头白骨

顷刻间,他感觉浑身的血都热了起来,这是他从未体会过的情绪。警察本就是个不断怀疑人的职业,在真相大白前不能排除嫌疑人的可能,所以,他的案子,局里对他有所怀疑,他很能理解。将他和吕梁换个位置,他也会这么做。可莫昭昭的话让他突然意识到,原来被完完全全信任是这么美好的一件事情。

目送莫昭昭出门,他抬手摸了摸自己上扬的嘴角。他终于明白以自己的性格怎么会在笔记本的记录中对这个小助理不吝溢美之词了,实在是她太招人喜欢。

莫昭昭到了警局,吕梁也没和她客套,开门见山交代了情况:马雯雯一案出现了新的情况。

这桩案件的起因是在小乖窝里发现了一根断指。同时被发现的还有一块染血的衣服碎片和一块完全没了皮肉的尾椎骨。靠着衣服碎片上的校徽,警方很快锁定了马雯雯,经过断指的DNA比对证实了死者身份。但当时漏了一点,因为白骨的DNA对比做起来比较麻烦,便没有做白骨的DNA比对。一起碎尸案,当然不可能每块残骸都做一次比对。

后来,托唐子安的福,马雯雯这案子破得太快,碎尸还未打捞完,案子已经破了。虽然如此,碎尸还是要打捞的,随着打捞出的尸块越来越多,问题出现了——碎尸中出现了两块尾椎骨。

经过比对后发现,那块最早在小乖窝里发现的尾椎骨并不属于马雯雯。

这一发现立刻引起了局里的重视,法医检测后基本可以确定那块白骨的主人死亡时间在半年以上,而唐子安出事那个案子就是在半年前,这块骨头又在唐子安的小楼中被发现,这巧合让人不得不多想。

于是,吕梁便单独将莫昭昭叫来了。

这就是怀疑唐子安的意思了。莫昭昭心里不太舒服,但也清楚要证明唐子安的清白就更要配合调查。接过那块白骨放到小乖面前,她摸了摸它的头："小乖，这块骨头你是在哪里发现的？带我去好不好？"

这些日子小乖和她培养出了足够的默契，立即懂了她的意思，嗅过那块骨头后，从她身上跳下来，向门外跑去。

吕梁带了两名小警察跟上。见小乖没有向唐子安小楼的方向跑，莫昭昭松了口气，脚步轻快了许多。

跑出三四公里后，小乖终于停了下来，对着一个没了井盖的下水道刨了刨爪子。

"在下水道里？"莫昭昭蹲下身和小乖沟通。吕梁却看了一眼旁边那栋破旧的危楼，脸色非常难看："怎么会是这里？"

莫昭昭疑惑地看他。

吕梁抹了一把脸，表情一言难尽："唐队出事的地方就是这栋楼的地下室。"

像是炎炎夏日突然下起冰雹，她在明晃晃的太阳下狠狠打了个哆嗦，脸颊双唇褪去了血色。待回过神来，只见吕梁正指挥两名小警察拴了绳子下去查看。

握紧了拳头，她感觉右眼一下一下地跳着，和她乱了的心跳一唱一和，跳得她脑仁疼。

"吕队！有发现了。"不多时，兴奋的声音从地下传出。

不愧是市局的警察，两人业务能力很强，没费什么力气便将一具已经白骨化的尸体带了出来。

附近派出所的民警收到吕梁的通知后，及时赶到，在周围拉了警戒线和隔离围挡。

两名警察将验尸袋放下，莫昭昭和吕梁戴上手套口罩，就地开始简单的检验。

从穿着上看应该是具女尸，大概是因为被衣服包裹着，所以保存还算完整，需要拼一拼才知道缺失何处，不过有一处缺失却能一眼看出。

"头骨呢？"莫昭昭问。

下去的两名警察摇了摇头："我们很认真地找过了，没有发现头骨。"

吕梁愣了一下，还是道："再去找。"想想还不放心，最终他亲自下去了一趟。莫昭昭摇了摇头，头骨这么大，难道还会漏掉？

果然，吕梁最终只从淤泥中翻找到几块很小的指骨。莫昭昭接过来拼上去，加上小乖叼回去的那个尾椎骨，206块骨头，除了颅骨的29块，一块不差。

不翼而飞的颅骨让吕梁和莫昭昭脸色都不太好看，颅骨当然不会自己跑掉，那就只能是被人刻意带走了。无论是谁，带走颅骨这种事情都很不正常。

吕梁黑着脸给拼好的尸骨拍完照后，重新把尸骨包好带回警局，送去做DNA检测。

莫昭昭面无表情地守在检验科门外，吕梁本想劝她两句，走到她面前却发现自己什么话也说不出来，最终长叹一声，去拿了两把椅子过来，陪她一起等着。

两人就那么安静地坐着，像两具雕塑一样。不知过了多久，莫昭昭突然开口道："我记得你说过，唐子安和邵捷出事前负责的案子是一起绑架案？被绑架的是一个年轻女人。"

吕梁轻轻"嗯"了一声："你很聪明，难怪送过去那么多助手，唐队唯独看得上你。"

莫昭昭不置可否地笑了一下，她能当助手，可不是因为她聪明。

两人短暂地交流后，重新陷入沉默。

墙上的钟嘀嘀嗒嗒走过一圈又一圈，终于，检验科的门打开，检验员递上鉴定报告。

不出意料，女尸的DNA鉴定结果和当年那名被绑架的女性DNA对比完全一致。

莫昭昭勾了一下嘴角："这案子有新的线索出现了，你们接下来打算怎么做？抓嫌疑人来审问一番吗？"

这具突如其来的无头女尸让她突然意识到——唐子安出事的那个案子并不是单纯地中了罪犯的陷阱。她抿了抿唇，看来是有人见唐子安不仅没出事，还成立了新的调查组复出查案，开始害怕了。其实这样也挺好，多做多错，总会露出狐狸尾巴的。

"小莫，你不要总对我这么大敌意。我和你一样都是希望唐队好的。"吕梁有些无奈。

莫昭昭一脸无辜地看向他，笑容要多乖巧有多乖巧："啊？对，是我不该问。这个案子唐子安是嫌疑人，我作为他的下属是该避嫌。"

对上这么个演技卓越的人，吕梁当真是什么脾气也没了。其实他本来也不生气，有个人这样维护着唐子安，他作为朋友是为他感到开心的。

拿出电话，吕梁打算通知唐子安来警局一趟。莫昭昭却突然按住他要打电话的手："我回去一趟，当面和他说一下情况，然后亲自带他过来，可以吗？"

吕梁一怔之后猛然反应过来，唐子安自出事之后便再也没有独自出过门。他默默收起手机，觉得自己这个朋友当得很不合格。但是，莫昭昭对唐子安的维护关心似乎也太细致了。一个大胆的念头在他脑中闪过。

"小莫，你该不会是……"喜欢上唐队了吧？然而，疑问的话没有说出口，因为莫昭昭得了他的同意，一秒也没停留，拎了包大步流星地走了。

丢下满腹心事的吕梁，莫昭昭打了个车回小楼，将今天发生的事和唐子安细细说了一遍。

唐子安感觉自己的太阳穴疼得快要炸开，事发那天他混乱不清的记忆终于在莫昭昭的叙述下渐渐完整。

发现他脸色肉眼可见地变得苍白起来，莫昭昭心中一慌，倾身查看他的情况，却被唐子安用力攥住了手。

鬓边因疼痛渗出冷汗，他咬着牙艰难道："当时我们收到绑匪发来的信息，让我们半小时内赶到那栋危楼，信息上说人质在地下室。如果

我们不能按时到达,人质就会死。时间紧急,我们给局里发了请求支援的信息,就先赶了过去……"

他闭了闭眼,额角浮起一根根青筋,密密麻麻的疼痛让他无法思考,心里只有一个念头——无论如何不能晕过去!

一只温软的手轻轻按在鼓胀的太阳穴上,难以忍受的疼痛竟被安抚。他的心头一阵恍惚,仿佛自己遭受的所有痛苦都是为了等待这样一个人出现。

唐子安睁开眼,一眨不眨地望着莫昭昭,第一次出现这样强烈的念头,他不想忘记这个人,一丝一毫也不想忘记。

"怎么样?好点了吗?"莫昭昭语气轻柔,像是对待脆弱的幼崽。唐子安晃了晃神,她一直大神大神地叫着自己,言语间满是崇拜,如今看到这样废物、早已跌落神坛的自己,难道不会失望吗?

"大神?你听得见我说话吗?"莫昭昭被他没有焦距的眼神吓到,声音多了几分急切。

唐子安猛然惊醒,这才注意到自己还紧紧握着她的手,连忙松开:"谢谢,我没事了。刚刚说到哪儿了?"

"你们赶去了绑匪说的地点。"

他点点头,声音沙哑:"是,我们赶了过去,在危楼外等了很久,眼看规定时间要到,支援却一直没来,我们只能先进去。地下室里一片漆黑,我和邵捷刚下完楼梯便遇到袭击。我被人从后面砸了头,失去了意识。这是我最后定格的记忆。等醒来就变成了这样。"

莫昭昭抓住了关键:"你的意思是,你根本没有见到那个被绑架的女孩是吗?"

"没有。我们一进去就遇袭了,什么也没看到。"唐子安回答得很肯定。

莫昭昭眨了眨眼,隐隐有了个猜测:也许这从一开始就是一场局。那栋楼里根本没有被绑架的女孩,打来电话的绑匪也不知道是不是那个案子的绑匪。总之，对方设置了一个比较紧迫的时间，让他们不得不单枪匹马地深入。然后趁着他们落单，借助地理优势干掉他们。到这里都很合理，后面的发展却不对了。

对方袭击他们后，带走了邵捷或者邵捷的尸体，将唐子安留在现场是为什么？

看起来像是嫁祸，却有很多说不通的地方。她查过记录，唐子安当时受伤极重，能活下来只能说是命大。如果唐子安没救活呢？嫁祸给一个死人吗？

而且哪有嫁祸不伪造一些百口莫辩的证据的？她可没忘了，唐子安之所以还能继续当警察，就是因为没有证据证明他杀了人。

整个案子里，被绑架的女孩尸体被扔进下水道，邵捷下落不明。如果不是唐子安差点死了，根据现场残留的情况来看，倒像是唐子安真杀了人，事后有人来帮他毁尸灭迹。

莫昭昭拧了拧眉，这个案子她越想越糊涂。她甩了甩头，将目光放回唐子安身上，见他撑着椅子扶手要站起来，她连忙伸手去扶。

莫昭昭的皮肤很白，手腕上一圈青紫色触目惊心，唐子安看得心头一跳，一时自责又心疼："对不起，疼吗？"

"看着吓人，其实不怎么疼。"她面不改色地说谎，"倒是你，真的没事吗？不用去医院看看？身体要紧，警局那边我给吕队打个电话，明天去也行。"

唐子安没理她，径自去厨房拿了药膏给她涂了药。

"你把药箱放在厨房？"莫昭昭惊了。

"入口的东西不应该放在厨房吗？"

……嗯，好像没什么不对。

MINGRI JIYI DINGGE

第 四 章

记忆交缠

## 1. 你是我的灯塔

整个警队看见唐子安过来都很激动，一口一个"唐队"地叫着，没有人真拿他当嫌犯看，这让莫昭昭觉得心情好了许多。

吕梁亲自将人带进审讯室，莫昭昭作为要避嫌的人员自然没资格跟进去，只能在外面等着。不过倒是没等太久，半个多小时，还不到一节课的时间，唐子安便出来了。

见莫昭昭靠在椅子上，小脑袋一点一点地打瞌睡，唐子安伸手在她头上揉了一把："走吧，回去了。"这个动作他做得无比顺手，就好像合该如此。

莫昭昭睡眼蒙眬，不满地小声嘟囔道："不是没记忆吗？怎么还成习惯了？"

唐子安耳力很好，一听这话便知自己经常这么做，这个发现让他有些开心。

出了警局，莫昭昭坚持要带他去医院检查一下，实在是对唐子安今天那苍白如死的模样心有余悸。唐子安心里清楚自己的情况，但想着让她心安，便也由她去了。

唐子安的负责医生于洽见他主动过来，身边还跟了个女孩子，有些吃惊。没有人比作为主治医师的自己更清楚唐子安的心理状态，他表面看起来平静，其实无法前进的记忆在一点点磨灭他的意志。

这也很能理解，如果记忆每天都要清零，那么再美好的记忆也不觉得开心，再悲伤的记忆也不觉得难过，对昨天没有后悔，对明天没有期待。这样的日子久了，正常的情感会丧失，不知道活下去的意义。

可今天见他，却发现他眼中那快要熄灭的光重新燃了起来。于洽敏锐地意识到他的变化一定和那个女孩有关。

他带了几分调侃的笑："你最近的状况好了不少，是因为那个女孩子吗？以前怎么没见过？"

唐子安倒是大大方方地点点头："吕梁给我找的助手，是个很好的孩子。我觉得我没事，可她非要我来检查一下。"

于洽挑了挑眉，只是助手？瞧着两人之间的氛围，说是纯洁的上下级关系，可实在是不太像呢。更何况唐子安那九头牛都拉不动的倔脾气，什么时候会去迁就别人？

不过目前看来，这位迟钝的唐警官还完全没有开窍啊！于洽突然觉得有些意思，老树开花已经很稀罕了，那个女孩也真是位勇士。明知道唐子安的记忆每天都要清零，还愿意陪在他身边，真是明知是火坑还敢往下跳。虽然这么说自己的老友不太地道，但这是不争的事实，哪个女孩子能够接受男朋友每天问自己一遍："你哪位？"

"怎么了？"见于洽表情有些奇怪，唐子安问。

于洽摇摇头："没什么，难得来一次，那就先去做个检查吧。"

检查结果没有问题，那基本可以确定他今天的头部剧痛是记忆复苏所导致的。

"记忆缺失症一直是医学界不断研究的难题，熟悉场景的刺激目前确实被证实为比较有效的一种手段，但你脑部受伤比较严重，所以在尝试的时候一定要注意把握度，千万不要勉强，过度刺激可能会对身体造成伤害。"

唐子安若有所思，也不知有没有将他的话听进去。

"最近睡眠怎么样？药还有吗？"

想到诊室外的莫昭昭，他脱口拒绝："不，不用开药了。我最近挺好的。"他本能地不想让莫昭昭觉得他病弱，她当自己是偶像，自己怎么着也该有点偶像该有的样子。

所以，回去的路上，唐子安轻描淡写道："真没事，就是记忆恢复引起的头痛，很正常的，这是好事。"

莫昭昭暂时放下心来，又询问了审讯室的事情，得到的答案是没有证据。

当时在审讯室，吕梁只是要求唐子安将当年发生的事情事无巨细地

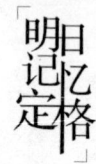

讲述一遍,别管是否有关,能想到多少就说多少。

唐子安心下了然,这就是什么证据都没有了。吕梁算是他一手带出来的,他对吕梁可以说是非常熟悉,但凡那具尸骨上有一点证据能够指向他,吕梁都不会用这种简单粗暴的问法。

于是他也很配合地将能想到的都说了一遍,说实话,这案子让他隐隐觉得不安。

听完唐子安的话,莫昭昭同样未觉得心安,反而心中那种违和感更加强烈了。常言道,雁过留痕。可无头女尸这个案子和邵捷那个案子一样干净得过分,竟是任何证据也没留下。

她可不会天真地认为这是什么好事,没有证据能证明唐子安是凶手不假,可同样,也没有证据能排除他的嫌疑,更没有证据找出真凶。唐子安永远是嫌疑最大的人,一旦有什么新线索出现,他就要像今天这样去接受问话。案子一天不破,他就一天无法解脱,永远被困在这个案子里。

今天这么一番折腾下来,两人回到家已经很晚了,于是各自道了晚安。

莫昭昭心里藏着事,翻来覆去睡不着。

无论睁着眼还是闭着眼,今天发现的那具尸骨都在眼前挥之不去。尸骨她亲手拼过,那些骨头上没有伤痕,这就意味着如果有证据,那一定在那块不翼而飞的颅骨上。而拿走颅骨的多半是敌非友,这个消失的颅骨简直像定时炸弹,不知什么时候就会被抛出来。

这种被吊着不上不下的感觉让她非常不舒服,总觉得暗潮汹涌,蕴藏着什么阴谋。

似清醒又似迷糊间,耳中传来一声很轻的开门声,她倏然便睡意全消,看了一眼床头的钟,凌晨三点。

别墅的房间都有独立卫浴,这个点,大神出门做什么?他是一直没睡,还是睡醒了?莫昭昭心里的问题一个接一个冒出来,她掀开被子,悄悄将门打开一道缝，向外看去。

多亏了开放式厨房的设计，莫昭昭能够清楚地看见他做了什么。只见唐子安脚步有些虚浮地下楼，直奔厨房，从橱柜中拿出一个储物箱，颤抖着手在里面翻找什么。

那个箱子莫昭昭认识，白天唐子安从里面拿了药膏。那是个药箱。

楼下，唐子安吞了药，低垂着头，单手撑在流理台边。虽然听不见声音，但能感觉到他呼吸很粗重，结合胳膊紧绷的状态，应该是在忍耐着巨大的痛楚。

心里传来细密的痛，莫昭昭不自觉地捂住了嘴，缓缓退后一步闭上眼。既然唐子安不想让她看见，那她就看不见。

闭着眼静静站在门后，偌大的别墅是那样安静，安静得让她能够听清楼下唐子安忍耐的呼吸声。明知唐子安不会知道她在，可她选择无声地陪伴着他，这是她的选择，也不必让他知道。

不知过了多久，耳中终于传来唐子安上楼的声音，而后房门关上。又等了许久，莫昭昭终于缓缓睁开眼，光着脚悄无声息地从房间里溜出来。

她溜进厨房找到药箱打开，最上面的是一盒艾司唑仑，处方药，不常见，但很不巧她刚好非常了解。因为她也曾经服用过一段时间，那是治疗焦虑失眠的药。

服药期间的记忆被勾起，那是一段黯淡无光的日子，痛苦和绝望充斥着她的生活。

好友的出事让她们多年来小心翼翼的苦苦挣扎变得像个笑话，她们一起努力了那么久，没有将自己变成凝视深渊的怪物，却被狠狠踢进了深渊里。

也不是没有人想将她从深渊中拉出来，可是，那样的好意她不敢接受，怕将别人也拽进深渊，怕被拉进另一个深渊，更怕爬上去也没有意义。

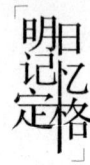

而唐子安是唯一将光照进深渊,告诉她"有意义,希望就在这里,但你得自己往上爬"的人。

后来,她将唐子安当成灯塔,虽然过程艰难,但终于靠自己爬了上来。没有放弃好友,也考进了警校,一切都好了起来。那时候她就在心里告诉自己:唐子安这个人她得记一辈子!

借着微弱的晨光翻看了一下和药放在一起的医嘱。唐子安因为记忆缺失症,出现了缺乏安全感、焦虑、抑郁等一系列心理问题。

他掩饰得太好,在今天之前,她从没想过他的身体出现了这么大的问题,所以也从来没有认真思考过记忆被定格的他每天要经历什么。

事发时是他最后的记忆,那也就意味着,他每天醒来都要直面一次这幅痛苦的画面?搭档的死亡,自己的重伤,这样惨烈的记忆历历在目,恍如昨日。这样的痛苦循环往复,他每一天都要经历一遍身体和精神的双重折磨,仿佛被困在那一日的囚徒,饱受折磨,无法解脱。

所以早晨他从房间出来时,脸色才会那样苍白。

类似的经历她有过,那段时间她也重复做着噩梦,每天从痛苦和绝望中醒来,也是严重到要服用艾司唑仑才能正常生活的地步。但她到底不能感同身受,毕竟她的记忆会随着时间流逝而一点点淡化,唐子安却不会,他该有多苦……

手里那个药盒突然重得她几乎握不住,即使这样苦,他还能坚持不将药放在房间,只因不想依赖药物。

眼前的景色变得模糊,莫昭昭抬手捂住脸,死死咬着唇不让自己哭出声。哭够了,她胡乱抹了一把泪,将药箱放回原处,踮着脚走回房间,只当什么也没有发生过。

她的大神心志坚毅,会抑郁但不会软弱,更不需要别人救赎。不管多艰难,他一定不会让自己倒下。而她也不会去拉他,只是礼尚往来,这一次换她来给他当灯塔。大神说过:灯塔就是希望,迷途的时候就看一眼灯塔,然后坚定地走下去。

## 2. 大神破案

次日,莫昭昭用冰敷了敷眼睛,装作无事发生地做了早饭。本以为唐子安会多睡一会儿,却没想到他还是准点从房间里走出来,只是因为昨晚没睡好,他眼下一片青黑,脸色瞧着更加苍白。

莫昭昭握紧拳,迅速用演技撑出一个无辜的笑:"大神,于医生说你要多休息,我看你是不是起得有点早?算一算你这睡眠时间不够啊!"

"生物钟,睡不着了。"唐子安淡淡解释道。

莫昭昭垂了眼,去厨房端出早饭放到桌上。每天早上的唐子安都比较冷淡,因为对他来说,一切又都是陌生的了,包括她。

吃完早餐,莫昭昭去院子里喂小乖。小乖昨天被带出去"玩"了一天,兴奋劲还没过,热情地咬着她的衣角要出去玩。莫昭昭没办法,只能蹲在地上和它讲道理,一扭头却发现唐子安跟了出来,倚在门边看着她和小乖互动。

"大神?"莫昭昭歪了歪头。

唐子安一言不发地走到她身前,突然伸出两只手,分别在她和小乖头上揉了揉。

莫昭昭瞬间石化,这是什么操作?当她是狗吗?

唐子安嘴角露出一点笑意:"你今天要去学校吗?"

"不用,吕队帮我和学校打了招呼,我出勤率只要达到百分之六十,最后考试能过就行了。"

"那陪我去警局一趟吧,昨天有个二十年前的案子出现了新线索,推送到我这边来了。"莫昭昭跟着他进屋,被塞了一份卷宗。她看了一眼标签:"失踪案?"

"现在是杀人案了。昨天江北监狱一名因盗窃罪入狱的犯人为了立功,主动揭发了一起十五年前的杀人案,当时凶手想让他帮忙掩埋尸体,但他听说是杀人就很害怕,最后找借口没去。"唐子安坐在电脑前,好看的手指在键盘上跳跃,飞快调出资料,"案子是昨天转到我这里来的,

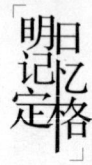

我昨天先核实了检举信的真实性,没做其他的。"

屏幕上显示出嫌疑人的基本信息以及和死者的交集。

唐子安淡淡道:"嫌疑人应该已经被带到警局了,我们去问话。这案子不复杂,虽然还有五天就到时限了,不过应该一天就能破。"

莫昭昭盯着他看了片刻,突然道:"大神,你昨晚没有睡吧?"

没有睡,就代表他记得昨天的事。

唐子安骤然一惊,莫昭昭一挑眉,眼角、眉梢都是得意:"大神你演技真不行,早上故意装冷淡有点过了。看到浇了醋的煎蛋也没有像昨天那样表示诧异。刚刚揉我头那一下分明是故意的。说到昨天这个案子,你眼里也完全没有隔一层的陌生感。"她掰着手指一一指出他的破绽,一副"看吧,我就是能一眼分辨出来"的聪明劲儿。

被揭穿的唐子安不仅不生气,还忍不住想笑,他的小助手怎么可以这么可爱?

"行了,知道你厉害了。一会儿记得把这聪明劲儿用到嫌疑人身上。二十年前的案子,单凭一封检举信,嫌疑人百分百不会认罪。"

这句话搭配之前那句"应该一天就能破",不动声色间显露霸气。

果然,如唐子安所说,两人刚到审讯室门口,便听见嫌疑人在里面大喊大叫,一口一个冤枉,泼皮无赖一般。

检举人因为最终没有参与埋尸,所以不知道尸体埋在何处,犯人因此有恃无恐,拒不承认自己杀了人。

唐子安站在门外,也不急着进去,观察片刻后对莫昭昭道:"你进去问话,言语间尝试探他底牌,同时又要让他感觉你专业不精,心有余而力不足,并且手里确实没有底牌。让他感觉自己处于上风。"

莫昭昭笑嘻嘻道:"导演,您这角色戏份相当复杂啊,不过算你找对了人,这戏也就我能胜任了。"

"你怎么这么贫?"唐子安嘴上说着嫌弃的话,眼里却溢出笑意。大概是因为多了一天记忆,莫昭昭不再是笔记本上的那些标签,在他眼中格外鲜活，一颦一笑都叫他心生欢喜。

目送她的背影消失在审讯室门后，唐子安收回目光，眼底浮上几分失落，如果自己的记忆没有出问题，能够记得她的一点一滴，那该多好。

莫昭昭进了审讯室，一秒入戏，坐到这名叫宋洋的嫌疑人面前，板着脸开始问话。

对方见进来一个小姑娘，果然气焰又嚣张了几分，甚至拍了拍桌子："你们凭什么抓我？警察就可以随便抓人吗？"

莫昭昭眼皮也不抬一下，语气刻板地开始询问："姓名？年龄？性别？"

宋洋自然是不配合。

莫昭昭皱着眉拍桌："我们抓你来自然是有证据的，我劝你老实交代，还能争取宽大处理。"

几个来回，她将一个初出校门、不通世故的优等生演得惟妙惟肖。

终于，唐子安推开门走进来，递给她一串钥匙。

那钥匙一拿出来，宋洋的眼神立刻直了。唐子安只当看不见，弯下腰凑到莫昭昭耳边低声说话。虽然只听见了疑似人名的"沈玉辉"三个字，但这并不影响莫昭昭露出一副了然的样子。她看向宋洋，故作高深地点了点头，眼神中却恰到好处地带出一丝轻蔑。

宋洋当然也听见了自己老婆的名字,再看这串老婆随身带着的钥匙，他脑袋一下就蒙了。检举他的那小子根本不知道他老婆帮忙埋尸的事情，警察怎么会……无措间对上莫昭昭那个眼神，经过刚才那番审问，莫昭昭在他心目中不通世故的古板女警官人设已经立稳了。他丝毫没怀疑莫昭昭在诈他，反而瞬间肯定了一个答案——老婆帮他顶罪了！

这个认知让他的心理防线一下子崩溃了，猛地站起来，情绪激动："警官，这不关我老婆的事，都是我一个人干的！"

这就招了？莫昭昭递过去一个崇拜的眼神，大神不愧是大神：说一天破案，其实半天就够了。

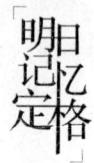

拿到宋洋的供词,走出审讯室,唐子安这才给她简单解释了一下。

二十年前,作为一个普通工厂工人的宋洋家中最多有辆自行车。没有运输工具的情况下,宋洋一个人是没法抛尸的,不然他也不会邀请检举人帮忙。

可检举人最后放了他鸽子,除了找当时已经是他老婆的沈玉辉,宋洋不太可能再冒险找别人。所以在将宋洋抓来之后,警方也将沈玉辉带回了警局。然后借口说怕她有过激行为,需要暂时保管她身上的尖锐物品,顺利将钥匙拿到了手。

根据调查,宋洋和他老婆感情很好,两人还有一儿一女。他不可能看着妻子给自己顶罪,因为心里清楚,妻子顶罪不可能成功,最终还是会把他扯出来,倒不如保全妻子。

得知唐子安这么快就破了案,警队队员们纷纷发出哀号:"怎么办?和唐队比起来,我们仿佛一群智障。"

队员们毫不意外地被吕梁一人抽了一记后脑勺:"号什么号,说自己是智障就不用干活了吗?来两个人跟唐队出现场。"

莫昭昭没憋住,笑出了声,唐子安一副不认同的表情在她头上拍了一下,然后悄悄红了耳朵。

在宋洋交代的那个荒山坡上,警方顺利挖出一具白骨。

"接下来只要证明这具白骨是死去的杨金福就可以了。快二十年的案子,普通的DNA鉴定估计不行,建议你们将尸骨送去省厅鉴定中心,用线粒体DNA技术,能够检测出来。"唐子安淡淡道,然而无形装那啥,最为致命。

莫昭昭双眼发亮,大神依旧是光芒万丈的样子。

尸骨挖出后,宋洋也被带到案发现场。当年的工厂宿舍,破旧的筒子楼,如今已经成了无人居住的废楼。

进到废楼的那一刻,唐子安呼吸便有些急促。斑驳的墙体在手电光中明明暗暗，老旧木门发出难听的吱呀声，脚下踩在厚厚的积灰上的触感。这里和他出事的那栋危楼实在太像了。

好不容易到了宋洋当时住的房间。宋洋戴着手铐指认现场。

"我赌钱输了他一百块，他天天来催，还威胁说，不还钱就告到车间主任那里去，让我丢工作。我一时气急，眼看他要出门，刚好看见门后有根铁棍，我就拿起来打了他。就在这个位置，我就这样，这样抡了一下，砸在他后脑勺上。"

宋洋按照要求，演示案发时的情形。

"真的，警察同志，我就打了他一下，真的就是气晕了头，没想杀他。谁知道……谁知道就这么一下，他就倒在地上，流了一地血。我伸手一摸，人就没气了。"

莫昭昭肩膀上突然一重，她扭头见唐子安借她肩膀撑着，脸上没有一丝血色。

"大神？"她心中一阵慌乱，是了，唐子安就是后脑勺受到重击，才变成现在这样的。宋洋的话定然是勾起了他的回忆。

"我带你回去？"她贴过去轻声问。她知道的，唐子安的病症让他对外界非常没有安全感，去警局救她那次，他也是坚持撑到回家才肯睡，因为不能在外面失去记忆。唐子安咬牙忍着脑中不停袭来的剧痛，轻轻点了点头。

她拉住唐子安的手换了个姿势，走到吕梁身边："吕队，没什么事，我们就先回去了。"

唐子安面色冷淡地站在她左边没说话，吕梁一开始没发现什么问题，随口应了一声便又去忙。但突然呆住——等等，是他看错了吗？他好像看见唐子安的右手无比自然地搭在莫昭昭肩膀上？

吕梁揉揉眼，连忙再看过去，两人还没走远，这一次从背后他看得真切。没错，唐子安就是搂着莫昭昭的肩膀在走，两个人靠得那么近，头都要碰到一起去了。

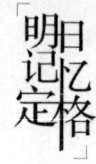

吕队长表演了个当场石化,脑子里像是打开了弹幕,一瞬间飘过无数问题:

冷冰冰的唐队谈起恋爱来居然是这种画风吗?大庭广众之下就搂搂抱抱的,成何体统?

这两人进展也太快了吧?

只有一天记忆也能谈恋爱的吗?

等等,莫昭昭好像搬进小楼了,这两人该不会已经同居了吧?

……

直到一旁的警察叫他,吕梁才收回思绪,狠狠抹了一把脸,神情说不出的复杂。

莫昭昭没想到,吕梁是那种和女生对视一眼,就连孩子上哪个小学都能想好的脑补帝。如果知道,她一定会送他一句——脑补是病,得治。

### 3. 假如生活欺骗了你

负责开车送他们回去的小警察不小心从后视镜往后面看了一眼，惊得差点忘了哪边是油门哪边是刹车。

他是出现幻觉了吗？不然为什么会看见他们冷面杀神似的唐队小鸟依人地靠在莫昭昭怀里？而莫昭昭还温柔地搂着唐队的头？

不敢再往后看，小警察一心一意开车。事实上，这位同学的角度和滤镜都有点问题。真实情况是，唐子安因为剧烈的疼痛蜷缩着，莫昭昭在帮他按摩头部。

唐子安眯着眼看着靠自己很近的莫昭昭。本来以为很快会回去，所以笔记本没有带在身上。如果现在失去意识，再醒来时，自己就会彻底忘了她，会用不信任的眼神看她，问她是谁。这念头一起，苦涩感便汹涌而出。苦到麻木的舌尖顶住牙床，他不要这样，绝对、绝对不能这样。

模糊的意识突然清明了一下，他咬紧后槽牙，全靠一股"绝对不能在外面失去意识"的意念强撑着。

莫昭昭看着唐子安越来越糟糕的脸色，心里也十分焦急，面上却还要维持住。她苦中作乐地勾了勾嘴角，没想到居然还能遇上这么考验她演技的时候，幸好她很强，能绷住。

从案发现场到小楼并不算太远，二十多分钟的车程，但对煎熬之中的两个人来说漫长得像半个世纪。

踏进小楼的瞬间，唐子安紧绷着的弦松开，顿时眼前一阵发黑，艰难地吐出一句"送我回房间"便晕了过去。

突如其来的重量压得莫昭昭腿一软，亏得她是专业第一的优等生，反应灵敏又力气大，这才没将人摔在地上。

没空管自己似乎在地上磕了一下的膝盖，她第一时间去查看唐子安。有点意外，晕过去的他面色瞧着倒是比之前好了一些。她伸手探了下他的额头，虽然全是冷汗，但温度还算正常，暴起的青筋平复下去，呼吸平稳，嘴唇也恢复了一些血色。

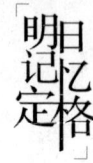

她提着的一颗心终于稳稳落了地,一阵风过,她打了个喷嚏,这才意识到自己背后的衣服都汗湿了,而磕在地上的膝盖之所以不疼,是因为小乖及时甩了个靠枕过来。莫昭昭自嘲地笑了笑:她还以为自己很冷静呢,原来竟紧张到这种地步了啊!

摸了摸立下奇功的小乖,她长长吐出一口气,换了个姿势想要将唐子安搬回房间。还好唐子安因为生病比正常男性瘦上许多,她又是日常锻炼的,并不算太吃力。

只是将人放到床上时手不小心摸到了他后脑勺的伤疤,惊得她手一抖。

虽然知道唐子安脑部受过重击,但伤口隐在头发里,她之前从未见过。如今一摸才发现伤口那么长,十多厘米,可想而知当时的情形有多凶险。

她心疼地收回手,替他盖上被子。睡着的唐子安退去了冷硬的气质,小刷子一样的睫毛随着呼吸微微颤动,看起来格外柔软。作为一个颜控,莫昭昭忍不住捧了捧脸,她家大神长得可真好看啊!这样想着,便鬼使神差地伸手摸了摸他黑羽般的睫毛。

唐子安眼珠动了动,莫昭昭做贼心虚,连忙收回手,退开身打算出去。然而,刚一扭头,墙上那行大字便撞进她的视线,吓了她一跳。

刚刚注意力都在唐子安身上,根本没注意房间的情况,如今一看——醒目的大字,无处不在的便利贴,写满提示的台历,可擦的日程表,详细写着前一天的任务进度和第二天要处理的事项……

原来,大神就是靠着这些来弥补他消失的记忆,难怪他无论多痛苦也要坚持回到家里,因为这里是他的安全屋。

她的目光扫到书桌上那本厚重的活页本,在审讯室那次,唐子安为了哄她安心给她看过,里面有关于她的详细记录。不知道关于她的记录增加了什么?她走上前,一眼便发现封皮上那个便利贴格外显眼,上面写着——助手莫昭昭暂住家里,照顾你的起居。

## 第四章 记忆交缠

嘴角不受控制地翘起老高,她开心极了,心中像有只小兔子在跳踢踏舞。然而下一秒,乐极生悲。

桌腿边垒着高高一摞卷宗,她一时没注意,一脚踢了上去。卷宗轰然倒塌,莫昭昭大惊失色,本能地转头去看唐子安。大神一觉睡醒,记忆就会退回出事当日,如果被惊醒,一睁眼看到自己这么个陌生人,她觉得很大概率自己会被大神当成背后偷袭的人,完全不给解释的机会,先暴揍一顿。

她僵直地等了片刻,床上的唐子安没有一点要醒来的样子。莫昭昭拍了拍胸口,蹲下身收拾一地狼藉。

好在只有一个文件的封口没封上,没出现最糟糕的几个档案的资料都混到一起的情况。因为怕弄出声音吵醒唐子安,她动作很缓慢,一张一张捡着地上散落的照片。

翻过一张照片,只看了一眼,她整个人僵住——她在照片上看见了自己。

像是被人按下了暂停键,她一动不动地捏着那张照片,许久才猛然回魂。手不受控制地剧烈颤抖起来,哆嗦着看向卷宗的封皮——2017年6月13日,高空坠落,意外。

莫昭昭倒吸一口凉气,真的是她好友肖恬鲤出事的那个案子。

出于某种不能提及的缘故,她和肖恬鲤的关系是一个除了她俩谁也不知道的秘密。因此在肖恬鲤的案子里,她也只是以事故第一发现人的身份接受了警方的询问,没想到竟被拍了照片,还到了唐子安手里。

鼻尖上渗出冷汗,这种时候她竟然格外冷静,迅速将手中案宗都查看了一遍。并不意外地发现这些案子都不是临近时效的案件,而且,她在里面发现了一个熟悉的案子。

2013年8月21日,一家三口灭门案,未破。

握着卷宗的手抖得像筛糠一样,她像条缺氧的鱼一样大口大口地喘气。当年,她和肖恬鲤就是被这个案子给吓破了胆。

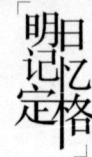

这个案子发生后,她和肖恬鲤不人不鬼地过了三天,才重新振作起来。为了苟活,两人毅然决然地改掉了自己原本的姓名,从此装作陌路。只是即使决定要苟延残喘,两人新取的名字里却还是暗藏日月,渴望着日月耿耿,天理昭昭。

如今再见,心里那座压抑着恐惧的休眠火山毫无预兆地活了过来,猛烈喷发,转瞬将她吞没。

莫昭昭陷在强烈的恐惧中,黑色迷雾伸出怪物一样的触手缠住她,缓缓将她往无边的黑暗中拖……

嘀嗒……嘀嗒……

忽然,耳中传来一阵清脆悦耳的声音,如同佛光,劈开黑暗。

挣脱恐惧的莫昭昭茫然睁开眼,发现发出声响的是书桌上的一个节拍器。这声音似乎有安抚人心的作用,应该是唐子安给他自己准备的,没想到却意外救了她。

捶了捶发麻的双腿,莫昭昭拿着那两个卷宗缓缓站起来。虽然刚刚狼狈了点,但不管怎样,她还是挣脱了,既然如此,她就不能让这个案子成为自己的软肋。她这一生虽然短暂,坎坷却不少,能活到现在怎么着也该算是个硬茬,可不是那么容易能被打倒的。

目光复杂地看了一眼床上躺着的唐子安,她手里的这两个案子一个是因为结论为意外失足并没有立案,另一个是隔壁市的案子,而且离时效期还很远。怎么看也不该是归他们"未解决案件调查组"管的,那么问题来了:唐子安为什么会调查这两起案子?

一时间她心头闪过无数念头。

她是在见过唐子安之后才被选中来给他当助手的。吕梁说是因为警局认可她的能力,在今天之前她不曾怀疑过,如今却不能不怀疑,真的是这样吗?有能力的人那么多,凭什么会选上她这么个还没毕业的在校生?

按照如今的情况推测,最大的可能是唐子安指定的她,因为那张照片。

为了证实自己的猜测,她翻开唐子安那本笔记本,果然发现自己的信息更新了不少,其中就有一条清楚地写着:市高考状元,高考前从未提过想当警察,出成绩后拒绝了一流高校抛来的橄榄枝,填志愿时只填了警校刑警专业,从老师到校长轮流去劝,坚决不改。

这种事情是不会写在个人档案里的,除非特意去调查,否则不会知道——唐子安调查了她,而且很显然着重调查了她高考之后这段时间的事情。

她手脚冰凉,突然觉得有些讽刺。昨天她才和大神表了忠心,说自己相信他,从始至终,今天就发现这么多动摇她内心的东西。

定定地看向床上睡得无知无觉的唐子安,她其实很想直接摇醒他,问一问他到底要做什么。即使到了这种地步,她还是相信唐子安不会害她,可是她真的不知道他到底是什么立场,到底在查什么。事关她和肖恬鲤的命,无论如何她不敢冒险。

纠结良久,她突然低笑自语:"假如生活欺骗了你,不要悲伤,不要心急!忧郁的日子里需要镇静:相信吧,快乐的日子将会来临……"

将两份卷宗放回原处,她拉开门走出去。

一直等在门外的小乖似乎感觉到她的不正常,凑过来舔了舔她的手背。

"还是你乖。"弯腰将小乖抱进怀里,然后莫昭昭就这么抱着小乖在客厅里呆呆坐了一下午。看着外面太阳一点点落下,月亮一点点爬上天幕。

松开小乖,她走到工作室的日程表前,在明天的日程上敲了敲。接下来要如何面对唐子安是个问题,她需要一点时间好好想一想。

刚好,明天她就得出去一趟,明天就是二十年前那个入室抢劫灭门案到时效的日子,很遗憾,这半个月她将卷宗都快翻烂了,现场也跑了几趟,然而都没能有新的发现,如今也只能将希望寄托在那张很大可能

是一场恶作剧的邀请函上了。

当年这个案子引起的轰动不小,又因为一直没能告破,这些年间,不断有各种各样的爆料出现,然而核实后无一是真,警局都已经麻木了。

她手里这份邀请函不是直接寄到警局的,又刻意将时间选在时效最后一天,怎么看都像是为了利用时效期这个点,搞个大新闻。

然而就算如此,当警察的就该"大胆怀疑,小心求证",哪怕只有千分之一的可能,也得去试一试。

MINGRI JIYI DINGGE

第 五 章

浮屠山庄

## 1. 最后的晚宴

次日，唐子安和平常一个点从房间里出来，不过脸色没有之前苍白，可能是休息够了，又醒得比较早，已经缓过来了。

莫昭昭心里想着这些，面上却半点不显，笑眯眯地端来早餐，像是昨天根本无事发生过。不是她吹牛，要不是为了刑警事业，她现在说不定已经是奥斯卡影后了。演戏这种事，她算是无师自通，从小演到大。毕竟演员演不好不过是 NG 重来，她要是演不好，那她的人生可就直接杀青了。

收回心绪，她一脸关切地问了唐子安的身体状况，并将昨天发生的事跟唐子安详细说了一遍。包括他晕倒后，自己送他回房，被他房间里的大字吓了一跳，不小心撞倒了地上的卷宗。

说谎的最高境界从来都是真真假假，如此才能令人防不胜防。她进过唐子安房间碰倒过卷宗这些都是会留下痕迹的，虽然唐子安没有记忆，但保不齐他有什么特殊的记录方法。所以她不打算隐瞒，但自己看过卷宗之后的内心反应是留不下痕迹的，所以只隐瞒这一点就好。

她不知道，其实她的演技在唐子安面前一次都没有成功过，只不过唐子安喜欢看她演戏，所以从未戳穿。

今天也一样，唐子安一眼就看出她在演戏。她似乎不知道怎么面对自己，内心在抗拒和逃避，甚至有一点惶恐。这在他的记录中是没有的，那就只有一种可能，这个变化是昨天才出现的。唐大神思路清晰，结合她刚刚的话，很快做出了正确判断——导致她变化的关键应该在被她碰倒的卷宗上，她看到了什么？

可是，明明很惶恐，她方才询问自己身体状况时，眼中那关切却不是假的。唐子安看透了一切，但什么也没说。虽然没有记忆，但谁说只有大脑才能保留记忆？身体记忆和心脏记忆一直为人所津津乐道。而此刻，他的心告诉他：要信任眼前这个人。

"别担心，有我在呢。"

# 第五章 浮屠山庄

莫昭昭差点儿被呛着，猛然抬起头，惊得连表情管理都忘了。幸好唐子安并没有看她，他低着头继续道："这是你第一次独自处理案件，对方敌友未明，切记安全第一。"

原来说的是今晚她要深入虎穴，应邀去那座发生了灭门案别墅赴宴调查的事情。莫昭昭暗自松了一口气，乖巧无比地应了声"好"。

一顿暗潮汹涌的早餐过后，两人安静地各自忙碌。

用过午饭，在房间收拾东西的莫昭昭听见门铃响，她有些诧异地打开门，只见门外站着的是昨天送他们回来的那个警察。

"莫学妹，你东西收拾好了吗？"她还没毕业，刑警队的各位基本都称她一声学妹。

莫昭昭一头雾水："小何师兄？你怎么来了？"

唐子安走过来，神色淡淡地解释道："你不是不会开车吗？那个地方偏僻，叫车很难，也不安全。"

莫昭昭眨了眨眼，这才反应过来，是唐子安叫了人来开车送自己过去。

"大神，你可真是太贴心了！"

对她这不太走心的感谢，唐子安不置可否，将手中的文件袋递给她："关于这个案子，我列出来一些疑点分析，你路上可以看一看，到了地点之后注意留心。"

然后又摊开手，掌心躺着一个微型蓝牙耳机："还有这个，能续航24小时，进别墅之后就戴上，发生特殊情况时可以及时和我联系。"

莫昭昭道了声谢接过来。由于身高差的缘故，她低头查看时，从唐子安的角度看过去就看见个毛茸茸的头顶，他不自觉就伸手揉了一把。揉完愣了一下，但很快声音中染上一点笑意，又道："把小乖也带上吧，它的嗅觉比一般警犬还要灵敏，关键时刻说不定可以帮上忙。"

大约是性格使然，他的关心表现得非常克制，却恰到好处，乍看起来不觉得有什么，细细一想便能发现其中暗藏的温柔。

抬起头,两人视线交融。逆着光,他的面容看不真切,漆黑瞳仁中泛出一抹亮色,直直撞进她眼中。她后退半步,心口猛震了一下。

很神奇的感觉。

她这辈子活得小心翼翼,一点风吹草动就能让她化身惊弓之鸟飞蹿出去。可发现唐子安身上有这么多疑点时,她却迟疑了。

其实,只要她想,利用笔记本篡改唐子安的记忆易如反掌。做了便能杜绝一切后患,可一旦做了,就代表自己对他生出了怀疑,也不配再得到他的信任。

"嗯,我本来也是打算带上小乖的。"手指紧了又松,她移开眼,对着房间叫了声"小乖"。总觉得被那样的目光注视着,说出"怀疑"两个字都是一种亵渎。

听到召唤,被洗得香喷喷,一袭粉色小裙子的小乖撒着欢蹿了出来,扑进莫昭昭怀里。

早在决定要去赴宴时,莫昭昭就提前做了准备。她给小乖网购了一身非常可爱的衣服,如今换上小裙子被她抱在怀里的小乖,看起来就是只无辜可爱的宠物狗,带过去也不会引起任何人的怀疑。

只是……唐子安从那和她同款的粉色纱裙上移开目光:"小乖是男孩子。"

他语气平淡,莫昭昭却从中听出一丝怨念,这让他看起来有点……嗯,可爱。

"男孩子就不可以穿小裙子吗?"她理直气壮地反问。

"……也不是不行。"唐子安的原则在她亮闪闪的眼眸中化作泡沫,"总之,自己注意安全,别逞能。有什么发现及时告诉我,有什么拿不准的事也及时和我商量。"他说到这里顿了顿,大约是想到了自己的病症不太能给人安全感,于是补充道,"放心,我不睡,24小时待机。"

心头的阴霾忽地就这么散了。莫昭昭盘算着,或许这次回来之后,她可以试着和唐子安好好聊一聊。大不了发现情况不对就立刻把他打晕好了。

被叫来充当司机的小何警官看着唐子安像个老妈子一样絮絮叨叨嘱托莫昭昭，明明没吃午饭，却感觉有些撑了。

案发地的别墅离这里挺远，要两个多小时的车程，这还是在不堵车的情况下。上车没多久就开始晕车的莫昭昭和小乖头挨着头，神色恹恹地趴在窗边吹风，深感一个城市太大了也不太好。

至于唐子安给她准备的资料，当然是不可能看。晕车时看资料，是生怕自己不能把胃给吐出去吗？

好不容易挨到地方，下车时，莫昭昭脸白得和昨天的唐子安基本一个色号了。

"车只能到这里了，上面那段要自己爬上去，你行吗？"小何警官看她这一副下一秒就要交待在这儿的模样，担忧地问。

莫昭昭撑着腿摆摆手："没事，前辈你先走吧，我缓一缓就好。"

"真的不需要我陪你上去吗？"小何警官抬头看了看那隐在半山腰孤零零的一栋别墅，有些不放心。

"邀请函上写明了只能一人前往，我本来就是代替的王警官，也不知道这样行不行。再带上师兄你，估计对方要不敢现身了。"莫昭昭笑得浑不在意，"别这么担心，也许这就是个无聊的恶作剧呢。"

听她这么说，小何警官也没再坚持，上车掉头走了。

山间的凉风吹在脸上很舒服，晕车引起的头晕恶心感很快被吹散。莫昭昭搓了搓脸，抬头看向远处的别墅。

别墅在半山腰的一个天然形成的山坳处，目测离她有一两公里。

原别墅的主人是一位归国华侨，虽然在国外挣了不少钱，却无儿无女，加上中国人叶落归根的传统思想，年迈后便打算安度晚年。看得出来，别墅主人在选址时很用心，山前就是长江，这宅子靠山临水，算得上风水学上的吉宅。然而它最后成了凶宅，可见风水一说根本不靠谱。

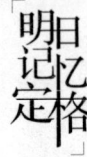

　　然而架不住还是很多人相信这个,这二十年间周边也不是没想过开发,但不知怎的都因为这样那样的原因最终不太顺利,徒留下两栋烂尾楼,反而越发坐实了这里风水不好的传言。

　　她来之前在网上查过资料,发现关于这座凶宅的鬼故事都衍生出了十数个版本,莫昭昭不由得感慨一句:真不愧是诞生了《西游记》这样巨著的国家,群众的想象力不可小觑。

　　深吸了两口山间的新鲜空气,她拍拍小乖的头,一人一狗慢悠悠地向别墅走去。

　　邀请函上写的时间是晚上六点,现在才刚过四点。两公里的山路,正常走路半小时足够,她有的是时间闲逛。于是,她一路上走走停停,不时还举起自拍架用手机来个自拍,看起来真像是来度假一样。

　　莫昭昭的性格当然不是这样,但她今天扮演的角色是收到邀请函的那名退休警察的女儿,一个不谙世事、抱有天真正义感、喜欢追求刺激的小姑娘,一个在看见邀请函后,瞒着父亲偷偷跑来参加晚宴的作死小能手。

　　她这辈子小心翼翼惯了,唯一的信任都贡献给了唐子安,剩下的全是疑神疑鬼。因此第一次看到这张邀请函时,她心里便闪过无数疑惑。

　　按照一般侦探小说的套路,这种将相关人士邀请到案发现场的行为往往是为了复仇。可是,现实中这种行为真的有可能吗?那些相关人士有几个真的会来?而且复仇的话,寄邀请函给当时办案的警察是什么心理?

　　然而,查不到寄件人,查不到还有谁收到了这份邀请函,除了来赴宴别无他法。

　　因此,她特意来早,不仅是立人设,拍照闲逛都有意义。她提前设置好了,照片会直接同步到唐子安的平板上。同时,她默默在脑中建立这一片的立体地形图。不是吹牛,在记忆地形和方向方面,她的大脑堪比卫星雷达,没有迷宫能够难住她。

## 第五章 浮屠山庄

当年若非靠着这个天赋,她和肖恬鲤如今坟头草怕是已经一人高了。

越往上爬,莫昭昭越觉得不安。上山的山路很窄,也就能两人并肩通行,左侧直接就是悬崖,简直是个大写的"要出事"。更可怕的是,到达别墅居然还要通过一座七八米长的吊桥。她整个人都不好了,这简直是标准的"暴风雪山庄"模式啊!

磨磨蹭蹭将近一个小时,她终于到了别墅门口。多年无人居住的别墅外墙上爬满了爬山虎,大门上还残留着当年警方贴的封条痕迹,提醒着灭门惨案曾真实发生过。给这座别墅平添了几分阴森的味道。

莫昭昭弯腰将小乖抱起来,一秒入戏,端起一副期待又紧张的神情向屋里走去。

这一路她没有遇见人,还以为自己是第一个到的。没想到大厅中竟已坐了五个人,见她进来,五双眼睛齐刷刷看向她。

被那些探究的目光注视着,她背上迅速爬上一层鸡皮疙瘩,感觉瘆人得很——案子的资料她几乎翻烂了,案件相关人员的长相早已刻在心里,可眼前这五人竟一个都对不上号。

哎哟!这展开可真是开场高能啊!

不过,戏精莫昭昭半点不慌,就势扩大了一下自己眼中的迷茫,怯生生向众人打了个招呼:"你……你们好。"

说话间,余光飞快一扫。大厅正中放着一张豪华餐桌,餐桌旁放了一个立牌,上面写着"阿加莎的晚宴"。

莫昭昭眼神闪烁了一下,阿加莎笔下最著名的晚宴出自《无人生还》。故事中,患绝症的法官用邀请函请来九位逃过法律制裁的罪人,对他们进行了重新审判。

而故事最终的结局如名字所示——没有一个人活着离开!

## 2. 这该死的火锅

莫昭昭深吸一口气,默默在心中道:专注自身,不要被带节奏。默念三遍后,她开始了自己的表演。

挥了挥手里的邀请函,看向屋中年龄都不小的两男三女,莫昭昭一脸傻白甜地问道:"你们好,请问哪位是邀请人?我是代替我爸爸来的,可以吗?"

问话时她不动声色地打量着眼前五人,邀请人应该就混在其中,但肯定不会回答她。她只是用这话试探一下,希望从他们脸上看出点蛛丝马迹。

然而,她话音刚落,便听楼上传来一道女声:"是我邀请大家来的。你是王警官的女儿?"

意外来得太突然,莫昭昭一个没绷住,差点儿酿成演出事故。

深吸一口气,她拍了拍胸口,摆出一副小女孩害怕的模样,扭头向上看去。二楼走廊上站着一位头发花白但精神矍铄的老太太,目光和蔼地看向她。

这种开门见山式的邀请人,博览群书的莫昭昭还真是第一次见到,一时间有点消化不良。只能说生活果然不是电视剧吧。

"我看您在邀请函里说要公布二十年前灭门案的凶手,是真的吗?"莫昭昭完美演绎一个傻白甜的热血少女。

"自然是真的。"老太太抬抬手阻止了她再询问,"既然人都到齐了,那就开始用餐吧,晚饭后我会告诉你们,你们想知道的。"

说着她拍了拍手,一个同样头发花白,打扮得像个管家的人推着餐车走过来,招呼众人道:"请各位客人上桌,准备用餐吧。"

莫昭昭的目光落在那个写着"最后的晚餐"的立牌上,一点也不想吃这顿饭,暗自吐槽:为什么非要晚餐后,你们的剧本其实不是《无人生还》而是《推理要在晚餐后》吗?

然而,傻白甜的人设只允许她腹诽,不允许她抵触。所以她口中说着"啊,肚子真饿了",第一个上了桌。本以为还要惹人厌烦地劝其他人几句,没想到那五人竟也没有任何异议,一言不发地拉开椅子坐到桌边。

莫昭昭胳膊上起了一层鸡皮疙瘩,这群人太奇怪了,从她进屋到现在,这群人竟一句话都没说,甚至没有抬头看她一眼。如此诡异的气氛下,她都要怀疑自己拿的是什么灵异剧剧本了,不过没关系,坚定的唯物主义者是无所畏惧的。

这时候傻白甜的优势就发挥出来了,莫昭昭托着腮,肆无忌惮地打量那五人。

连她在内一共六人,刚好一边坐三个。

她坐在最左边,坐在她右手边的是个有些发福的中年男子,眼角的笑纹显示出他平时一定经常笑。但是好脾气的笑还是笑里藏刀的笑,目前还不能判断。

男子身边坐着的那位烈焰红唇、一头大波浪的女子看起来三十岁左右,但女人的年龄有时候会与看上去有出入;食指和中指皮肤轻微发黄,应该是抽烟造成的。

坐在她正对面的是一个很富态的阿姨,从眉毛间两道很深的皱纹看来,脾气应该不太好。

紧挨着圆脸阿姨的是个穿着高领长袖连衣裙、皮肤白皙的黑长直女人。莫昭昭忍不住多看了她两眼,确定那头乌黑的头发是假发。结合这人一脸看破红尘的出世之感,莫非这人是个尼姑?她心里打了个大大的问号,将目光移到离她最远的那个男人身上。

这人存在感最弱,戴着一副黑框眼镜,一直低着头,不知是真的斯文还是衣冠禽兽。

在心里对这五人做了个基本的评估后,她收回目光,就看见老管家将一个铜火锅放上桌。莫昭昭脑门上瞬间弹出一排惊叹号,下巴都要掉了。

不一会儿,羊肉卷、午餐肉、豆腐皮等摆了满满一桌,老管家给火锅点上火,态度恭敬:"各位请慢用,晚餐后我回来回答你们的问题。"

莫昭昭福至心灵地一抬头,果然站在二楼的老太太不见了。她心念一动,悄悄将小乖放下,姿势不动,只垂了眼,用手指一指停在桌边的餐车。小乖果然聪慧非常,在长长桌布的掩盖下,无声无息地潜上那辆餐车。

老管家对台面下发生的事情毫无察觉,说完那句话后便推着餐车转身走了,另外五人都安静地坐着,没人对此有异议。

漂浮着一层红油的火锅很快溢出诱人的香气,她甚至听见旁边那位男士咽口水的声音。在热腾腾的火锅水汽中,莫昭昭恍恍惚惚地抹了一把脸。

不过,并没有人动筷子。果然这才是正常的,电视剧里那种没心没肺大吃大嚼的炮灰果然很不合理。她记得清楚,《无人生还》中第一个死者就是被毒死的。

"大家好呀。我叫王静,我爸是当年负责这起案子的警察。"莫昭昭开始没心没肺地自我介绍,"你们呢?都是和当年案子有关的人吗?"

二十年前那起灭门案,一共死了五个人。分别是年迈的屋主人、护工、大姐家的儿子、三妹家的儿子以及小弟家的长孙。

今天来的,除去她,虽然刚好也是五人,但她已经排除了这五人是死者家属的可能。

如果不是家属,那么谁还会对案件真相这么在意?莫昭昭心里浮起两个不太好的字样——凶手。

五名死者,刚好对应五个凶手!

她头皮一阵发麻,但戏还得继续演下去。她突然有一种命中注定的感觉,仿佛自己是被上天选中的孩子。

"其实我是偷偷拿了我爸的邀请函来的。我爸已经退休了,觉得这事就是个闹剧,不相信。但我对这种悬案可感兴趣了,来之前我还怕主人不认我这种代替的，还好那位老太太看起来人很好。"

面对莫昭昭的自来熟，显然没人想搭理她。她倒也不在意，自顾自地说些没营养的话。终于，当她拿起筷子一边往火锅里下菜，一边招呼大家吃饭时，坐在她正对面那个圆脸阿姨忍不住吼道："你能不能安静一点？"

莫昭昭咬了咬唇，瞬间白了脸，一副泫然欲泣的可怜模样。然而，并没有人安慰她，显然都希望她能安静点。

她当然也知道自己这样很惹人烦，可这就是她的目的。人在烦躁和愤怒的时候最容易暴露自己的真面目，所以她不得不在危险的边缘试探。

这群人一个都不正常，正常人接到这种诡异的邀请函怎么可能会来？没看王警官就一点都不想来吗？

作为一个被刑警事业耽误了的演员，莫昭昭暗暗打量他们这么久，百分百能够肯定，他们之间是有关系的，有人互相认识，却全都在努力装作陌生人。

莫昭昭假装伤心地垂着头，脑中飞速运转：

二十年前有一个五人抢劫团伙，他们趁着月黑风高潜入这栋别墅，杀掉了别墅里的人后抢走了保险柜中的巨额钱财并顺利逃脱。而后，这个案子成了悬案，劫匪们瓜分了赃物，各自生活。

转眼二十年过去了，当年的凶手或许早已淡忘了他们曾犯下的罪孽，却突然收到神秘的邀请函表示要公布当年案件的真相。凶手们或许就如宋洋一样，已经结婚生子过上了正常人的生活，生怕祸及家人的他们不得不来。

这样推测下来，一切都显得很合理。

那么问题来了：王警官为什么会在被邀请之列？

眼皮自作主张地跳了几下，莫昭昭感觉手心出汗、心跳加速——当年的悬案中，王警官究竟扮演了怎样一个角色？代替王警官前来的自己，在今天这场看不清剧情走向的"最后的晚宴"中又将扮演怎样的角色？

她忍不住抬手摸了一下耳朵,耳中那个微型蓝牙耳机虽然很安静,但想到那头连接着的是唐子安,她就莫名感到心安。即使现在她还没有想好自己对唐子安的感情。

"哎,我头怎么有点晕?"对面那个凶了自己的圆脸阿姨突然开口,声音虚弱。

莫昭昭悚然一惊,几乎在听见这句话的同时,她也感觉到视线变得模糊起来。然后她就看见那位阿姨扑倒在桌上,紧接着是她旁边那个有些发福的中年男人。

脑中灵光一闪,她突然明白为什么要上火锅了。那蒸腾起来的水蒸气有问题,可能会引起怀疑的味道被火锅底料中浓郁的香辣味道盖住了。

可是现在想通已经晚了。她连忙捂住口鼻,支撑着站起来想要远离桌子,却发现四肢无力,只迈开一步,双腿便软得跟面条一样,带着她跟跄倒地。

眼皮变得无比沉重,她还算是身体素质强的,现在还没彻底晕,那五人都倒在地上了。

居然不是一个一个解决,而是一上来就一网打尽吗?趴在地上,看着两双向自己走来的脚,她挤出一副似笑非笑的表情,说不上是觉得嘲讽还是觉得可笑。

到这种时候还能笑出来,还真不是她心大不怕死。事实上,莫昭昭怕死怕得要命,不过由于一些经历,她对危险有一种近乎野兽般的敏锐,可是直到现在她也没有感觉到危险,所以她晕得还挺淡定。

失去意识前,她似乎听见一个很好听的声音在自己耳边叫她的名字。

## 3. 死亡宣告

莫昭昭再次恢复意识时,发现周围是一片伸手不见五指的黑。晕倒前的记忆冲散脑中的混沌,想要站起来,却不想一动,金属的椅子腿在地上拉出一道尖锐刺耳的声音。

"昭昭,你醒了吗?"唐子安的声音蓦地在耳边响起。

她耳朵抖了一下,这还是唐子安第一次这样叫她,没想到自己的名字从他口中叫出来,竟会这么好听。

"呜呜呜……"嘴上被贴了胶带,她只能发出几声意义不明的声音。虽然目前自己全须全尾,除了脑袋沉重没什么不对,但手脚都被人和身下这椅子绑在一起,处境实在算不上好。

"是说不出话吗?"

莫昭昭"嗯"了一声算是应答。

"嗯,我知道了,没事,你别慌。在你晕倒的这段时间,我听见了一些事情,你听我慢慢跟你说。"

耳朵有些发痒,黑暗寂静的环境中,只听得见唐子安如春风化雨一般温柔的声音,莫昭昭发现自己的心意外地平静,当真一点都不慌。

动了动手腕,她将注意力转移到自己被绑住的双手上,然后一秒钟完成从尝试到放弃。

绑她的这人可真是专业得让她想骂脏话。她两只手被分开绑在椅背的柱子上,两只脚则被分开绑在椅子腿上,然后这椅子还是金属的,想撞断它都不可能。

算了,既然特地将她绑起来,说明对方暂时不想杀她。事到如今,她只能庆幸自己早早将小乖偷偷送了出去,小乖那么聪明,一定能够安全逃脱并想办法来救她的。

毫无压力地将希望寄托到一条狗身上,她干脆静下心来听唐子安说话。

"耳机是在你晕倒前打开的,打开后我听见的第一句话是一个中年女声在说'哎,我怎么有点头晕?'然后你应该就晕倒了,我叫你的名字你没有给我回音。接着我就听见两个人的脚步声靠近。但全程只有一个女声说了一句'确实没意识了,抬过去吧'。后面我听他们脚步重了一些,应该是抬着你。你现在是被绑在密闭的房间里吗?我听见他们开关门的声音了。"

莫昭昭回了一声肯定的"嗯",猫儿似的,唐子安突然想摸摸她的小脑袋。

"别担心。你晕倒之后,我就给小何打了电话。他一直在不远处待命,已经往这里赶了。只是通往别墅的山路只能步行,可能需要一点时间。你安心等一等。"

小何就是送她来的那位警官,果然像她猜测的那样,不仅负责送她来,还负责接应她。然而唐子安的说法并未让她感到安心,反而多了几分不安。她脑子里猛然跳出那条只能通过两人并肩而行的道路以及那座一看就会被砍断的吊桥。与倒霉体质相依为命到如今的她对此并不乐观,只是嘴上贴条的她也没法发表什么意见。

"各位应该都醒了吧?障碍已经清扫干净,现在让我们进入正题吧。"

一道突如其来的声音在头顶响起,被吓了一跳的莫昭昭连忙仰起头循声望去。黑暗中似乎能看见右前方屋顶拐角处有个喇叭模样的轮廓,声音就是从那里发出的。

她竖起耳朵,却没有听见其他人的说话声,只听喇叭中又道:"我知道,二十年前,在这座别墅里犯下惊天血案的凶手就是你们。不过不要慌,我没打算杀你们,不然刚刚在你们晕倒时就可以下手。"

话是这么说,但被这样绑住关在小黑屋里,谁能不慌?

"我想要做什么?嗯,3号房间的这个问题非常好。其他人的死活我不在乎,我只想知道当年究竟发生了什么,我的鹏飞究竟是怎么死的!是谁杀了他!"喇叭中传出的机械音一直语调平淡,毫无起伏。让人怀疑是电脑合成的，这一句却露出了情绪。

听到"鹏飞"这个名字，莫昭昭双眸微眯，心道一句"果然如此"。

鹏飞姓邹，是灭门案中年纪最小的那个男孩，别墅主人邹光宗幼弟邹耀祖的孙子。遇害的时候才十六岁，是个很优秀的少年。正因为优秀，所以被家人当作筹码送到邹光宗这位二爷爷身边，希望他能够讨得邹光宗的欢心，成为老爷子巨额财产的继承人，却没想到竟丧命于此。

邹鹏飞死后，他的母亲受不了打击，精神出了问题，被送去国外治疗。邹家人也很快举家移民去了国外。

莫昭昭飞快地回顾了一下案情资料，看来今天见到的那位老太太就是邹鹏飞那位去国外治疗的母亲了。看现在这副模样，精神问题似乎并没有治好，还是疯得很厉害。

"我知道你们这种团伙彼此之间其实没那么信任，一人杀一个，每个人手上都沾上血才是最让你们安心的状态。现在，给你们一分钟的时间，在身后的墙上写下杀死鹏飞的凶手的名字。我只要这个人，其他人可以离开。"

说完这句，喇叭安静下来。唐子安开口道："看起来其他人和你的状况略有不同，他们只是被关在独立的房间里，并没有被绑住手脚。你觉得是因为什么？因为你不是王警官，还是因为本该如此？觉得是前者，你就哼一声，是后者哼两声。"

大神果然也想到了，前者重点在于王警官与那五人身份一样，待遇不同只是因为她不是王警官本人；后者则代表王警官与当年案件无关，邀请人只是需要一个旁观者来围观这场游戏，是王警官还是她都无所谓。

莫昭昭沉思片刻后哼了两声，唐子安轻声笑了一下："昭昭和我想得一样啊！"那一声气音让她觉得有些脸热，大神的声音真是太好听了。

一分钟很快过去，喇叭重新响起，但开场就是一声冷笑："可以啊，一个个的竟然都还挺硬气。"

莫昭昭松了口气，这就是没人招了。虽然不知道她得到答案会做什

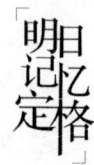

么,但最好当然还是能够拖延时间到小何前辈赶来。

机械音突然古怪地轻笑一声:"你们就想拖延时间吧?只要熬过今晚,案件就过时效了,你们就自由了,是这样想的吧?也是,你们手里互相捏着对方的把柄,不敢说也正常,毕竟说出来就是鱼死网破,大家都要坐牢。你们这种人无利不起早,我不说一点奖励,你们瞻前顾后自然动力不足。这样吧,我再给你们一次机会。"

囚徒困境!莫昭昭心中一跳,同一时间耳中传来唐子安的声音:"囚徒困境。"

机械声说完这句顿了顿,莫昭昭本能地觉得她是在欣赏众人因她这句话而大惊失色的样子。果然,片刻后,机械音重新响起时,莫昭昭从中听出了一丝愉悦。

"二十年前,你们选择那天作案,是得知邹光宗次日要参加一场只接受黄金交易的拍卖会,你们确定那些黄金运进了这间别墅。然而,世人都以为你们杀人抢劫,拿走了黄金,但其实没有,对吧?"

这话说得笃定,却令莫昭昭和唐子安双双一愣。

当年这案子被定性为入户抢劫案的最重要原因就是案发后整个别墅一片狼藉,如同被洗劫过。警方地毯式搜查后没有找到任何财物,而邹光宗将巨额财产兑换为黄金放置在家中这件事,警方得到了银行的证实。

莫昭昭很想知道其他人的反应,但和最开始一样,关她的这间房子似乎做了特殊的隔音处理,除了喇叭里的声音,她听不到半点外界的声音。

"实话告诉你们,那些黄金还在这栋别墅里。不要怀疑,若不是我找到了这笔钱,又怎么能够调查到连警察都没查出来的事情呢?你们想要黄金,而我想要凶手一条命。"

机械音深谙心理学,恶狠狠地放话后顿了顿,语气放缓,开始循循善诱:"你们可以赌一把,最差的结果不过是你们去坐牢,无期徒刑的话,一般好好改造十五年也就出来了。但你们的配偶、子女从此可以过上衣食无忧的生活。我想你们应该是愿意的吧,毕竟今天各位肯来,不都是为了家人吗?"

莫昭昭听得心惊,虽然不太相信黄金在她手里的话,但可怕就可怕在,明知道对方可能是在骗人,却也难挡这份诱惑。

机械音还在继续加码:"第一个回答的人可以拿走一半黄金,另外三人回答了就可以平分剩下那一半。我给你们五分钟时间考虑,告诉我你们的答案。如果没人回答,那就和凶手一起死吧!"

不需要五分钟,或许连一分钟都不需要,很快就会有答案了。黑漆漆的房间里感觉不出时间的流逝,不知道小何前辈还要多久才能到,莫昭昭心中焦急。

唐子安听出她呼吸声重了几分,立刻心有灵犀道:"我二十五分钟前给小何打的电话,晚上山路不太好走,可能需要多花一点时间,你别急,应该很快就到了。"

莫昭昭却不能不急,虽然没有证据,但她就是觉得小何不会这么顺利赶到。

听见她发出不赞同的呜呜声,唐子安安慰道:"我知道了,我给他打个电话问问。"

电话顺利拨通,响了许久,无人接听。

MINGRI JIYI DINGGE

第 六 章

# 时间带不走的回忆

## 1. 心理战

莫昭昭的心沉了沉,那边唐子安不知是安慰她还是自我安慰地说了一句:"可能在山路上没听见,别急,我再打一次。"

我一点都不急,我早有心理准备了,我甚至觉得合该如此,打不通才正常。莫昭昭心想。

打心理战这种事,老太太一个人就能做到。那么那位老管家呢,他此刻在哪里?

结合小何警官的电话打不通这一点,答案很明显了。不过她倒也不担心,根据目前的状况来推断,小何警官应该也不会有危险,最大的可能是和她一样已经被绑住手脚关了起来,搞不好此刻就在自己隔壁。

方才那些话,足够她证实之前的猜测,自己在今天这个局里的定位就是警方见证者。

老太太不知通过什么方式查到了那五人是当年的罪犯,但二十年了,证据大概都已经消失。她没办法,只能用这种方式来逼这些人招供,可是她又害怕这些人翻脸不认账,所以在她诱供时,需要一个权威的见证者。之所以寄邀请函给王警官,而不是直接寄到警局,大概是考虑到寄到警局实在太像是挑衅吧。

要说这老太太也是个狠角色,不就是害怕自己不肯安静听完全程,可能会跳出来打断她的计划吗?人都被她关进小黑屋了,还用得着绑得这么紧吗?莫昭昭动了动被绑得麻木的手,露出一抹苦笑。

"昭昭,你那边什么声音,你还好吗?"唐子安突然问。

"嗯?"她本能地疑惑了一声,收回神游天外的心思,这才发现周遭传来极轻的呜咽声,氛围如同恐怖片。而且不知道是不是她的错觉,房间的温度似乎下降了一点。

唐子安听得那边莫昭昭奇怪地哼了一声便没了声音,心中一慌,蓦然想起那两人将莫昭昭关进屋子,出去时关了灯!

他顿时一个激灵——所以,从刚才到现在,莫昭昭一直是一个人待在伸手不见五指的房间里，不能动弹、不能言语。到刚才为止，也许她还可以靠着小何警官很快就会来救她这个信念支撑着，可现在却出了状况，小何警官联系不上了，而她那边开始响起令人头皮发麻的诡异声响。这可是二十年前五人惨死的凶宅。

她一个小姑娘在这样的环境下会有多害怕、多无助，唐子安无法想象。胸口传来细密的疼痛，好似被无形的手握住缓缓攥紧，一股名为难过的情绪如同涨潮时的海水一样一点点浸没他的心。

"昭昭，我……"唐子安张了张口，声音沙哑。叫了这一声后，他突然发现自己不知道要说什么。说再多"别怕"也不过是徒劳的自我安慰罢了，一点用都没有。

如果莫昭昭能说话且知道他心中所想，一定会严肃认真地告诉他，大神你想多了，我真的一点都没害怕。她这辈子怕的东西其实挺多，怕穷怕病怕死甚至怕人，但唯独不怕黑也不怕鬼。

莫昭昭没有出声是因为她竖着耳朵全神贯注地听着恐怖音效的来源。她侧耳仔细聆听，这若有似无的恐怖音效像是从四面八方而来，颇有些立体环绕音的效果。

白噪音【注：白噪音是指一段声音中的频率分量的功率在整个可听范围 (0~20KHZ) 内都是均匀的。由于人耳对高频敏感，这种声音听上去是很刺耳的沙沙声。】她听得不少，恐怖片环境的白噪音还真是第一次见到。这位老太太还真是会玩。莫昭昭怔了一下，心头浮起一丝疑惑，今天的这一切太过周详专业。周详还能说是老太太筹备了很久，这专业程度不知是否是她多思，总觉得背后有高人指点。

俗话说"平生不做亏心事，半夜不怕鬼敲门"，换言之，做过亏心事的人会怕，何况杀过人的人重回案发现场。

在这样的几重压迫下，第一个顶不住的人很快就会出现，而后破窗效应便会生效，其他人会一边咒骂一边争先恐后地招供。

她心中生寒，那位老太太究竟会怎么处理被招出来的那位凶手？自

己难道要眼睁睁看着一场"血债血偿"的复仇上演？

动了动被绑得死死的手脚，她咬咬牙，不行，虽然可能没什么用，但她不能就这么坐着，总得勉力试一试。

耳机那头，唐子安焦躁地挂断手里"无人接听"的手机，没再犹豫，动用了紧急权限直接给当地派出所下达了指令。用的理由倒是冠冕堂皇：潜入的警员被囚禁，接应的警员失去联络，别墅中囚禁了五名人质，至少有一名人质很快会有生命危险。可私心里究竟因何而紧张，只有他自己才知道。

得了派出所那边立刻出警的保证，唐子安也无法感到安心，尤其是听见对方说出"请您放心等消息"的时候。

他心头猛然涌出一股强烈的不甘，不甘于自己只能在这里焦急地等待消息，更不甘于一觉之后他连这种不甘的情绪也会忘记。

桌面上活页本摊开在莫昭昭那一页，证件照上的小姑娘面容稚嫩、笑容纯真，他忍不住担忧又自责。全然忘了，莫昭昭是警校全专业第一的学霸，是警局为他选择的优秀下属，是能力得到他认可的搭档。

其实包括莫昭昭在内，从来就没有人将她当作需要人担心的小姑娘。

唐子安正要将当地警方已经赶过去的消息告诉莫昭昭，耳机中突然传来"哐当"一声巨响。他的心骤然提到了喉咙口，声音里带着慌张，连声唤她。然而得不到莫昭昭的回应，通过耳机传来的是各种乱七八糟的声音。

唐子安的呼吸几乎停滞，全然无法猜测那边究竟发生了什么，胡乱的臆想更是压得他喘不过气来。

不知过了多久，那头终于传来莫昭昭带喘的声音："大神。"

这一刻唐子安突然明白了文学作品中描述的"失而复得后想要喜极而泣"的那种心情。

"昭昭，你没事吧？"他以为自己足够冷静，一开口才发现自己的手正不受控制地颤抖，一如他的声音，也一如他迟钝的反应，"等等，你……你能说话了？"

"让你担心了，我没事，小乖来了。"

唐子安怔了一下，显然没想到莫昭昭一开口居然先是安慰他。仿佛是一种本能，第一时间安慰身边人，却对自己浑不在意。

她……一直都是这样的吗？唐子安看着面前的资料呆了呆。他不知道，因为资料中没有相关的记录，而他只能记得今日的莫昭昭。所以他不知道……他无从知道。

无意识地捏紧了资料一角，莫昭昭的资料是从她十四岁被收养时开始的，之前的经历一片空白，干净得如同从石头里蹦出来的一般。

他之前看的时候不曾留意，如今细细琢磨，才意识到即使是在被收养后，她依旧活得像一个独行侠。

富有的慈善家养母收养了十来个孩子，名为养母，不过是个资助人罢了。她一直住校，与养母一年也见不上一面；同学和老师对她的评价都是性格开朗、待人和善，这样的她身边却没有一个好友。

这样是不正常的。就好像她在刻意避免与别人建立亲密联系。那么，她会来给自己当助理，真的只是因为自己是她的偶像吗？还是因为知道自己没法记住她？

对自己浑不在意，不与别人建立亲密联系，这样的话，如果有朝一日不幸从这个世界上消失，就不会有人为她感到难过，甚至不会有人知道她的离去。莫昭昭她……是这样想的吗？

听着耳机那头莫昭昭没有半点情绪波动的声音，他按住心口，突然觉得很难受，很难过。

## 2. 好戏刚刚开始

莫昭昭这边当时的情况是这样的——

在意识到很快就会有人顶不住压力招供后,她便艰难地带着椅子往门的方向挪动。想着如果能够移到门边打开灯的话,说不定能发现一线生机。

破旧的金属椅子腿在水泥地面上划过,发出如锅铲蹭过铁锅底一般的刺耳声响,完全盖过了耳机那边唐子安的低声呼唤。

至于那声巨响,则是椅子翻倒造成的。她的手脚实在和椅子绑得太紧,移动起来艰难无比。没等她移动一米的距离,墙上的喇叭"刺啦"一声,没有感情的机械音响起:"友情提醒各位,你们的时间还剩不到三分钟,请尽快做出选择。另外,第一位识时务者已经出现,恭喜这位聪明人即将获得藏在这间别墅里的半数财富。"

听到这话,她心中一急,没控制好移动的重心,椅子顿时翻了。胳膊肘承载着自身和椅子的重量砸到坚硬的水泥地上,疼得她眼前一阵发黑,冷汗直冒。

好不容易缓过来之后,她动了动手腕,发现虽然没有骨折但应该肿了,半点使不上力,根本没法爬起来。略一思索,她干脆就着这个姿势,将右脚的脚踝压在地上摩擦,试图利用与地面的摩擦力磨断脚上的绳索。

然后,她便听见头顶传来一阵窸窸窣窣的声音,在恐怖音效的加持下显得格外瘆人。换个人可能会吓得不敢睁眼,她倒是冷静地想到了一种可能,热切地抬头看过去。果然,没一会儿,房间顶部那个小小的气窗被推开,一只狗头钻了进来。

真是养狗千日,用狗一时。莫昭昭无比激动。绳索被小乖咬断,她麻利地撕下嘴上的封条,捡起摔倒时从耳朵里掉出去的蓝牙耳机塞回去,一边解脚上的绳索,一边向唐子安简单阐述了一下她这边的情况。

小乖骄傲地围着她转圈,她撸了一把狗头,赞道:"嘿,阿妈对你很满意!"

唐子安被她这话逗笑了："快去看看房门能不能打开。"

莫昭昭应了一声，迅速摸着墙移到门边打开灯。突如其来的光明让她眯起眼，看清房门的样子，她的声音沮丧下去："是特制的隔音门，打不开。"

她现在是争分夺秒，见此果断放弃大门，踩着椅子去看小乖爬起来的那排位于墙壁顶端的奇怪气窗。站在椅子上，她的视线刚好与气窗平行，被她抱在怀里的小乖钻出气窗，见她还立在那里不动，又转回来，焦急地用脑袋蹭她，示意她跟着自己爬出去。

她突然想到一首诗——为人进出的门紧锁着，为狗爬出的洞敞开着。一个声音高叫着：爬出来吧，给你自由！我渴望自由，但我深深地知道——可是人的身体怎能从狗洞里爬出。

莫昭昭倒不介意爬狗洞，大丈夫能屈能伸嘛，然而整面墙光滑无比、没有一个借力点，而且那气窗的宽度对于一个成年人来说实在太窄了。

正当莫昭昭思考着拆掉窗框的可能性时，喇叭声再次突兀地响起："各位，答题时间到。很高兴各位都是聪明人，做出了明智的选择。现在，让我们一起进入审判环节。"

喇叭声停下的同时，她听见数声门锁打开的声音，连忙跳下椅子去开门，然后失望地发现她的房门依旧锁着，连忙又折返回去，重新爬上椅子。

小乖跟着她来回折腾了一番，茫然地看着她，被她安抚地拍了拍，放在窗边。

透过气窗刚好能够看见大厅的情况，如今那五人都神情萎靡又紧张地站在大厅里，看起来很糟糕。

"现在宣布你们的答案，你们五人当中，有四个人写了同一个名字——杜茂！"

空气安静了一秒，然后被一声尖叫打破："不，不是我！"

出声的是用餐时坐在离莫昭昭最远位置上的那个眼镜男，只见他一

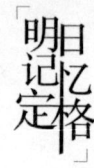

脸错愕,抬头望向半空,急切否认:"您相信我,真的不是我。我和这个案子一点关系都没有。"

视野关系,莫昭昭所在位置看不到眼镜男所看的方位有什么,但那个方向的话,她记得很清楚,她刚进门的时候,老太太就站在那里。

"你若和这案子无关,为何会来?"冰冷的机械声无情地打断了他。

"我……我……"名叫杜茂的眼镜男支支吾吾着,不知瞧见了什么,突然脸色一白,退后两步,咬牙道,"是,我当年也在这栋别墅里,但我只是个小偷小摸的毛贼而已,我真的没有杀人!"

"是吗?这么说,案发当晚,你在这间屋子里,那你看见了什么?"

杜茂白着脸连连摇头:"我……我刚翻进屋就发现地上有血,我什么也没来得及看就跑了。真的,我没有说假话。我真的不是劫匪团伙的一员,我都不认识他们。"

机械音依旧冷冷道:"可是他们四人都写了你的名字。"

杜茂像是被火烧了屁股的猴子一样,顿时跳起来,远离和自己站在一起的四人。接着,他突然想起来什么似的,目光凶狠地看向那个大波浪女人,破口大骂:"是这个贱人,就是这个贱人在山路上主动和我搭讪,所以知道了我的名字。他们是一伙的,他们根本就是算好了要害我!"

他恨不能手撕了那个女人,但又好像在顾忌着什么,不敢造次。

"杜茂先生,希望你清楚,说谎是没有用的。"变了声的机械音根本听不出情绪,但莫昭昭直觉机械音背后之人的心情很不好。

"我没有说谎!"杜茂生怕对方不相信,急切地撇清自己。

"杨莹小姐,你是第一个写下杜茂名字的人,可现在杜先生指责你在撒谎,你有什么想说的?"不等机械音将话说完,四人之中那位留着大波浪的年轻女人一言不发,扭头就向大门冲去。与此同时,屋中的灯全都开始闪烁,紧接着全部熄灭,整个屋子一下陷入黑暗。

黑暗中一片混乱的人声、脚步声,莫昭昭冷静地向唐子安描述这边的情况，突然一声枪响划破黑暗，镇定如她也猛然呆住，半晌没找回自己的声音，只呆呆听着枪声之后传来的"扑通"一声闷响，那应该是人体扑倒在地的声音。

唐子安声音一凛："是枪声？"

"是。"莫昭昭语气沉了下去，嗅觉灵敏的她已经嗅到空气中弥漫开来的血腥气，她是见过死亡和鲜血的，她知道这是真的血。事情发展到现在，到底是出了人命，她又一次不得不直面死亡。

没多久，灯光重新亮起来。受视野所限，莫昭昭只能看到血泊中躺着半截身子，鲜红色的血流淌过白生生的腿，触目惊心。

之前见过的那名老管家面无表情地走进她的视野范围，弯腰拉住死者的一条腿，粗暴地将人拖走，血在地上拉出一条长长的拖痕，浓烈的血腥气迅速在空气中弥散开来。

那个啤酒肚的男人最先受不住，跑到一旁抱着花盆干呕。

杜茂跌坐在地上，双目圆睁，瑟瑟发抖。另外两名女士退到她的视野边缘，她只能看得见一双交握在小腹前微微颤抖的苍白双手，属于那名黑裙女士。那个凶过她的圆脸女人并不在她的视野范围内。

"警察还要多久能到？"莫昭昭突然问，她话音刚落，唐子安的手机却有电话打进来。莫昭昭面无表情地看着大厅里的一片混乱，这种时候打来电话，绝对不会是好消息。

果然，唐子安很快挂下电话告诉她，警察赶到半山腰时发现上山的道路被巨石堵住了。

莫昭昭"哦"了一声，对此毫不意外。她甚至可以预料到，警察在清理完路障之后，还会发现通往别墅的唯一一座吊桥也断了。

一阵让人发慌的死寂声后，机械音重新响起来："我说过，不要试图对我说谎！既然你们这么有义气，那我就好人做到底，送你们去团聚好了。"

那个啤酒肚男人突然摆出一个投降的姿势："不要不要，我说我说，

凶手就是杨莹,杀了您儿子邹鹏飞的就是杨莹,是她来找我们,说让我们嫁祸给那个眼镜仔。我是被她给蒙蔽了,一时糊涂,对不起对不起,求你不要杀我!我家中还有八十岁的老母亲瘫痪在床需要人照料,我不能死,求求你……"

他边说边磕头,一迭声地求饶,甚至不惜打出感情牌。那样情真意切,令人动容,机械音却一直都没有响起,可正是这种不正常的安静叫人越发紧张和恐惧,就像是坐在教室里等着老师念自己分数时一样,不知道是不是下一秒就会有枪声响起。

连隔着很远围观的莫昭昭也跟着提着一颗心,因为她知道,这个男人说谎了。而机械音一直在强调不要试图说谎。

"老孙,算了吧,我们是骗不过她的。"一道冷淡的女声打断了啤酒肚的哭求。伴着这话,那个一身黑裙,裹得像个修女一样的高挑女人往前两步,站到大厅正中。

莫昭昭看清了她脸上的表情,那是一种看透生死的漠然:"杀死邹鹏飞的凶手是我,请您杀了我给您儿子报仇,放过其他人吧。"

可能是没想到会有人主动站出来,机械音沉默片刻:"你是怎么杀他的?"

"我年轻的时候是练格斗的,虽然是个女人,但力气很大,而他不过是个少年,身高不过才一米七,比我还矮上五厘米,我制伏他之后,用膝盖顶在他后心,然后用粗麻绳勒死了他。"

"嗯——"机械音拖出一个古怪的长音,"你说得一点也没错。那个谁,杜茂是吧?你去搬一把椅子来,放到这位死到临头突然开始忏悔的楚慈小姐身前。"

突然被点名的杜茂打了个哆嗦,拖着发软的腿连滚带爬地去拖了把椅子过来,似乎生怕慢一点自己身上就要被开个血窟窿。

放好椅子,他又忙不迭地退了开去。

目光落在这把椅子上,黑裙子的楚慈心中大概有了猜测,本就苍白的面色越发白了一度，她看向半空："杨莹……杨莹她真的死了吗？"

"你觉得呢？你该不会以为会和那些愚蠢的电影一样，只要你站出来表达悔意，就能够活下来吧？"机械音古怪地笑了两声，"真是可笑，到了这个时候，你居然还在侥幸觉得这一切都是假的？"

"那么，请上路吧。以被你残杀之人同样的死法死去，这是一场非常完美的赎罪，不是吗？"

伴着话音，有什么东西从空中垂了下来，悬在楚慈的头顶。莫昭昭偏了偏头，隔得太远瞧不清楚，似乎是半个粗糙的圆圈。

再看楚慈如秋风中残叶般发抖的身子，她猛然反应过来，那是上吊的绳索啊！

楚慈咬咬牙，缓缓提着裙子踩上椅子，伸手握住那个圆环。只要将脖子伸进去，脚下一蹬便能一了百了。脖子是伸了进去，可是那双握住圆环的手微微颤抖，迟迟没有动作。

莫昭昭眉头微微拧起，不知想到了什么。

"原来你这样的凶手也怕死？那你杀人的时候怎么没有想过被你杀害的那个孩子，他才十六岁！"即使是透不出情绪的机械音，也能听出这话嘲讽意味满满，"我的耐心是有限度的，快点去死！不然……"

不然什么，机械音没来得及说出来，因为随着这一句，一旁的杜茂突然上前一步，动作飞快地撤走了那把椅子。

这突然的动作震住了所有人，莫昭昭都不由得瞪大双眼。只见楚慈双腿在空中乱蹬着做濒死挣扎，但很快便失了力气，双手双腿都无力垂下，再无半点动静。

杜茂这才如梦初醒，仿佛才知道自己做了什么一样，慌张地将椅子扔到一边，抱着头一脸崩溃："不，不是我，我什么也没做！"

机械音一点也没搭理杜茂的崩溃，冷冰冰地下了赦令："很好，凶手伏法。现在你们可以离开了。"

"为什么要用机械音呢？"莫昭昭喃喃自语，她声音太低，唐子安

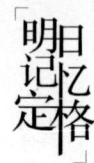

没有听清:"你说什么?"

"没什么。"她淡声道,缓缓垂下眼眸,盖住眼里复杂的情绪。

"你别担心,警方加派了人手,很快就会上来了。而且下山的路只有一条,他们跑不掉的。"

莫昭昭漫不经心地应了一声:"嗯,我不担心。"摸了摸小乖的头,她重新将目光投向大厅。

啤酒肚男人之前虽然说了谎,那强烈的求生欲却不是装出来的。一听这话,他如蒙大赦,飞快地拉开别墅大门,冲了出去,也不知那么胖的人怎么能这么灵活。

然而,下一秒,一阵不似人声的惨叫响起,听得人两股战战、肝胆欲裂。从莫昭昭的角度只能看见窗外闪了几下火光,不一会儿她鼻中嗅到了焦味。看来,门外布置了电网。

冰冷的机械音再次响起:"我说过,不要试图对我说谎。"

目光扫过大厅中仅剩的两人,莫昭昭对着耳机那头安慰道:"不必担心,我是他们请来的见证人,自然不会有事。毕竟,好戏才刚刚开场呢。"最后一句,她压在唇齿间,轻得像一句呓语。

### 3. 好一出大戏

啤酒肚男人的死让屋中的气氛一下子陷入冰点，原本跟着啤酒肚向外走的杜茂再次跌坐在地，手脚并用地爬了回来。

楚慈还挂在大厅正中，因为啤酒肚拉开门带进的一阵风，两条腿在半空中晃晃悠悠。

莫昭昭站在窗后，有一下没一下地撸着小乖，神情宛如站在教室窗外的班主任。

"我一直在强调不要对我说谎，为什么就是不肯听呢？"机械音想要叹息，可惜连虚情假意的惋惜都演不出来，"就剩你们俩了，有什么实话想说的吗？"

"你说谎了吧？"那位脾气不好的圆脸妇人开了口。本以为按她的性格应该是一上来就变炮灰的，没想到她竟一直没有什么存在感地苟活到最后，并且一开口就是惊人之语。

杜茂被她这话吓得连忙离她远一些，生怕被殃及池鱼。

"你说有四人都写了杜茂，那不可能，因为我没写。我写的是我前夫，就是刚刚死在屋外那个男人的名字。他是整个抢劫灭门案的主谋，杀死邹鹏飞的凶手，我觉得他算是。"

机械音似乎笑了一声："终于听见一句实话了，很好，你继续说。"

"今天之前，我甚至不知道除了我前夫之外，另外几人长什么样子、叫什么。你应该调查过，我是邹光宗的护工。他有两个护工，当晚死了一个，我是另一个。因为我护工的身份，在当年的劫案中，我负责给他们开门，引狼入室。"

似乎对"引狼入室"这个词很满意，她顿了顿才继续道："当时说好了是偷东西，没想到黄金找不到，他们竟一不做二不休地开始杀人。事发后，警察找我问过话，我本想自首，但我前夫哭着求我，说当时正在严打，这么恶劣的罪行，我要是去了，大家都要死。我最终还是妥协了，但日子没法正常过下去，熬了一年，我就和他离了婚。这些年也一

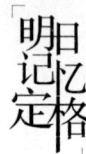

直过得磕磕绊绊，我想这大概是报应吧。"

她说了这么多，机械音一点反应都没有。杜茂的神情越来越惊恐，她却像是毫无感觉一样，自说自话："他们动手杀死的是四个人，原本是想要绑了邹老先生询问黄金下落。但邹老先生身体本来就不好，被他们这么一吓，就活活吓死了。邹先生的死因没有对外报道过，但你们应该能查到，我想这应该能证明我没有说谎。至于杀害邹鹏飞的凶手，我确实不知道，但我确定是个男人。所以楚慈说谎了，我是护工，我看得出来她得了绝症，可能因此觉得自己可以站出来担下这个罪名，指望其他人能够替她照顾家里人吧。"

"嗯，是个聪明人。"机械音发出一声赞扬，"但既然你一早就知道我说了谎，为什么没有揭穿我？"

面对机械音的疑惑，一直面无表情的她神情突然扭曲，眉宇间凶悍之色毕露："哈哈，不说当然是因为我希望他们死啊！你看，现在不就都死光了吗？不对，还有一个！"她突然扭头看向瑟缩在桌边，强行降低存在感的杜茂。

杜茂脸色发青，声音带着哭腔："大姐，你别这样，你讲讲道理行不行？我真的跟当年的抢劫案没关系。"

"你可以走了，很高兴还能遇见一个讲真话的人。"随着机械音这句话，老管家再次走进莫昭昭的视野中。他走到圆脸女人面前，对她做了个非常绅士的"请"的手势。

杜茂也想跟上，但被老管家一个眼神吓得定在原地。

老管家领着圆脸女人走到门口，只见他从怀中拿出一个遥控器按了一下，然后亲自将人送出了门。

杜茂移到门口伸长脖子往外看，然后又在老管家回来之前重新溜回原地站稳，那鬼祟的模样倒是真像个做惯了贼的。

"那人真的安全离开了？"耳中，安静了许久的唐子安突然问。

那声音像是轻叩在鼓膜上，让她耳朵有些发痒，忍不住抬手摸了摸耳机:"我的角度看不到外面,但从杜茂的神情上看应该是。而且我觉得应该得有个安全离开的了,不然下面的戏要怎么演呢?"

唐子安琢磨了一下这话,结合莫昭昭之前的反应,他脑中蹦出一个匪夷所思的想法,刚要开口询问,却被机械音给打断了:"杜茂先生看起来也想离开。那位女士证明了自己,所以可以安全离开。那么你呢,你要怎么证明你自己?"

听见这句,莫昭昭突然勾了一下唇:"喏,好戏开场了。"

唐子安轻轻"嗯"了一声,好了,不用问了,真的是他想的那样。

过了片刻,他忍不住无声地笑了笑。怎么会这样默契呢?默契得就好像……好像他们天生就该是搭档。

杜茂咽了咽口水:"是不是只要我证明了自己,你们就会放我安全离开?"

"自然。"

"我之前说的确实是实话。我真的不是这帮劫匪中的一员,我就是个普通的毛贼。当晚我潜进这栋别墅,一进来就看到地上一大摊血,吓得我扭头就又翻了出去,要不是我跑得快,就被他们给杀了。所以……所以我真的和他们不是一伙的。"

机械音冷冷地打断他的真情流露:"你要怎么证明?"

杜茂看了一眼地上残留的血迹,闭了闭眼,终于下定决心:"我那天……我那天从别墅中逃出来,然后发现了停在山脚下的车,我一时手痒,就偷了那车,结果没想到没开多远就不小心撞到了一个人。其实也不能怪我,当时天那么黑,那人突然冲出来,我一时发慌就撞上了。这个玉佩就是我从他身上拿下来的。"他扯出脖子上戴的玉佩,举起来。

莫昭昭按了按耳机:"大神,我记得当年那个案子,警察是有一个重点怀疑对象的吧?只是那个重点怀疑对象在案发之后就销声匿迹了。那人的详细资料你能找到吗?"

"已经在找了。"唐子安再次为这惊人的默契程度而心情愉悦。

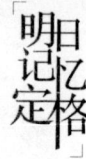

大厅中,没有听见机械音回应的杜茂还在努力证明自己的清白:"我下车一看,发现那人死了,我慌得不行,又见四下无人,一时鬼迷心窍便将那人拖进山里挖了个坑埋了。车我也没敢开走,故意撞到了树上。我如果是劫匪团的一员,根本不可能也不需要做那样的事情。这应该足够证明我自己了吧?"

杜茂神情紧绷,丝毫没有发现周遭又响起了那瘆人的恐怖音效,而他身后挂在半空的楚慈悄无声息地落了下来。她本就脸色惨白,一身黑裙,如今面无表情显得更加可怕。

"你把人埋在了哪里?"机械音质问。

"就在山脚下,我不太记得了。"

"不记得?"

"不不不,记得,我应该能记得,给我点时间,我应该能找到。"

杜茂处在被死亡逼疯的边缘,突然他感觉一只冰冷的手搭在他肩头,一扭头对上楚慈那张死人一样的脸。

"啊啊啊啊——"几乎要掀掉房顶的尖锐惨叫声从他口中飞出,杜茂扭头想逃,但一转身,又见大门口站着浑身焦黑的啤酒肚男人,而不远处一身是血的杨莹正向他爬过来。

逃无可逃,杜茂顿时双眼一翻,晕死过去。一股尿臊味在空气中散发开来,他裆部一片潮湿,竟是被吓尿了。

"这么不禁吓啊,不过玩得还真是大。"莫昭昭按住因为"见鬼"而情绪陡然激动的小乖,神情轻松又戏谑。

"昭昭,我查到了。当时警方重点怀疑的是一名叫时世文的男子。案发当晚他应该在别墅内,但现场没有发现他的尸体,故而成为重点怀疑对象。此人有一名新婚不久的妻子,姓楚,案发时已怀有身孕。因为时世文的人间蒸发,警方曾暗中盯梢他的妻子半年之久,但直到他的孩子出世,时世文也没有出现。"

门锁传来"咔嗒"一声轻响,莫昭昭抱着小乖轻盈地跳下椅子:"我知道了，谢谢大神的场外援助。"她边说边走到门边，伸手一拉，门开了。

作为曾被称为"罪犯克星"的唐子安，他破获案件甚多，听过的感谢之语不计其数，可却从没有一个人说得像莫昭昭这么甜。

莫昭昭带着小乖走出门，明明她一身甜美打扮，还因为之前的挣扎有些狼狈，但一人一狗硬生生走出了一股超级英雄出场的气势。

大厅里的三只"鬼"此刻正排排站，有些拘谨地看向她，这场面实在有些可笑。

扫了三人一眼，她随口道："另外两人呢？都出来吧。"

楚慈闻言笑了笑："莫警官当真聪明，看来您已经什么都知道了。"

"是啊，在我疑惑为什么要用机械音之后，我便想通了。"

老管家和刚刚安全离开的圆脸妇人从一扇小门后走了出来。莫昭昭将目光落到老管家身上，似笑非笑："是啊，我什么都知道了。我只是一时没想到，王老警官，您竟也跟着胡闹。"

被点破身份的老管家苦笑一声，摘下头套和胡须："小莫警官，抱歉。"

莫昭昭无奈地叹了口气，这场闹剧从始至终都不是为了二十年前发生在这间别墅里的抢劫灭门案。她最开始见到的那个与邹鹏飞母亲很像的老太太只是给她看的，目的是让她相信这场闹剧是为了邹鹏飞。

MINGRI JIYI DINGGE

## 第七章

## 被剥夺的幸福

「明日记忆定格」

## 1. 我想阻止她

莫昭昭捂着鼻子,嫌弃地看了一眼地上神志不清的杜茂。搞了半天,今晚这场局从始至终都是为了这个人渣准备的。

王警官连忙拿出准备好的绳索将人捆起来放到墙角,然后像个真正的管家一样,拿了把拖把出来将地板拖干净。一身血的杨莹和满脸焦黑的啤酒肚男人也不好意思地去卸妆换衣服。

莫昭昭看了看楚慈:"您是时世文的妻子吧?您的身体……"

楚慈坦然笑了一下:"肝癌晚期,没几个月可活啦。所以由着自己任性大闹一场。"

她说着解开外套,里面是一个背心一样的东西。脖颈位置有一个搭扣,空中挂下来的那个绳索上也有一个,她刚才是靠着这个装置假装上吊的。

不得不说,他们这个局布得真是非常用心。二楼那个引得杜茂频频抬头望的地方放的是一支遥控机械弩箭;杨莹身上的血袋里用的不是血浆,而是真血,大概是提前抽出来的。

"小莫警官,你是怎么认出我的?我们没有见过面吧?"王警官打扫好屋子,也凑过来。

莫昭昭摇了摇头:"我没有认出你,我只是一开始就怀疑你。虽然后来一度打消了怀疑,但确认这是一场闹剧后,我再次意识到不对。对于我这个替代者的到来,老太太没有任何吃惊,默认了我是你女儿。老太太只是你们请来的演员,突然换人她不可能不慌,除非她一早知道来的是我。那就只能是王警官你告诉他们的。"

王警官叹服:"小莫警官不愧是唐队看上的人,真是聪明。"

这句话听得莫昭昭有点开心,嘴角忍不住翘了翘,翘到一半看见换好衣服的杨莹和啤酒肚扶着小何警官走出来。笑容顿时一滞,哎呀,把师兄给忘了。

她连忙狗腿地过去扶了小何警官到沙发上坐下,简单解释了一下目前情况后示意众人从头说来。

鉴于小何警官刚醒，什么都不知道，众人先重新向他介绍了一下关系。

杨莹本名时萤，是时世文的妹妹；楚慈是时世文的妻子；啤酒肚叫丁壮，是时世文同穿一条裤子的好兄弟。圆脸女人顾娟则被时世文夫妇救过命。

在时世文下落不明，被警方列为重点怀疑对象的这二十年间，这几人从未怀疑过他，而是坚定地寻找着证据，想要证明他的清白。然而，警察都查不出的悬案，他们一群外行人又怎么可能成功？

就这样过了好几年，他们逐渐认清了一个残酷的事实——时世文不可能还活着了。他如果活着，不管发生什么事都不可能这么久不和他们联系。

因为这件事，他们消沉了一段时间。但终究是放不下，人说活要见人死要见尸，时世文就算死了，他们也应该找到他的尸体和死因才是。

所以他们一次又一次地来到这座别墅寻找，功夫不负有心人，还真被他们在山路附近的灌木丛中发现了时世文随身携带的一支钢笔。他们很激动，以为就要触碰到真相。

时世文应该也是在别墅劫案发生当日遇害了，真凶大概是为了转移警方的目标，所以没有将他的尸体留在现场，而是埋进了这座山里。

为了防止这一片被开发、被破坏，他们散播了许多有关这座别墅的鬼故事来阻止别人靠近。然而，接下来他们将山路旁的树丛翻了个遍，却再无发现。

时间是冷漠的，并不以人的意志为转移，转眼便到了时世文离开的第二十个年头。时效两个字第一次真实地出现在他们生命中，让他们感到一种无力。而就在这时，楚慈被查出肝癌晚期。

生活有时候真是残酷得叫人看不到一点希望，好在"山重水复疑无路，柳暗花明又一村"。

楚慈去医院做化疗的时候，遇见了因为和人偷情被对方丈夫揍进医院的杜茂。当时他衣衫凌乱，脖子里那块玉佩挂在衣服外面，刚好被楚慈看见。那是时世文家传的玉佩，没有人比她更清楚。

在时效即将到来之际，在她生命即将燃尽之时，遍寻不到的线索突然以这样的方式送到她面前，简直就像是冥冥之中，时世文在天之灵指引着她将凶手绳之以法一样。

这么多年调查下来，楚慈也算是半个专业人士了，她没有打草惊蛇，而是将这件事告诉了因为调查别墅灭门案而与她多有接触的王警官。

警方就此事传唤过杜茂，然而此人非常奸猾，从他口中什么都撬不出来。他们都知道这个人一定和时世文的死有关，可是除了那块并不能说明什么的玉佩，他们没有证据。指望杜茂认罪更是绝无可能。

眼看着时效一天天临近，最终楚慈想到了这个办法。其他人听她说了之后，毫不犹豫地加入她的计划中来，包括王警官。

"你有没有想过你们的布局被他识破，他不肯招认？"何警官问。

楚慈苍白的脸上浮现出一抹变态的笑容："那我就亲手杀了他。"

何警官被这笑容吓了一跳，莫昭昭却垂眸握紧双拳。肖恬鲤出事的时候她也想过，杀人者就该做好被杀的准备。后来……后来她遇到唐子安，为了不让这双被他握过的手沾上鲜血，她选择成为一名警察。

王警官站在她身后，看向莫昭昭和何警官："这就是我加入的理由，我想要保证计划成功。但如果失败了，我想阻止她。"

莫昭昭一愣，抬头看向王警官。

耳机中，将这边情况都听进耳中的唐子安告诉她警察已经到了断开的吊桥边。莫昭昭会意，起身问道："警察找过来了，吊桥你们能连上吧。"

她说的是肯定句。这群人又不是真的想制造孤立的"暴风雪山庄"连环杀人案，断开吊桥不过是以防万一，为了拖延时间罢了。

果然，王警官应了一声，带着她和何警官出去，简简单单便重新拉起了吊桥。

莫昭昭和何警官向前来的当地警方亮了自己的身份后，简单说明了一下情况，示意他们去询问杜茂。

杜茂被警察拍醒后，一时还没反应过来，一迭声尖叫着说："有鬼，有鬼！"

警察非常直接地切入正题，得知自己罪行暴露，杜茂瘫软在地。被两名警察半架半押着带出屋子，要带他去埋尸现场指认。楚慈等人紧紧跟上。

莫昭昭走在最后面，本想独自梳理一下这案子，却见王警官有意落后两步走到她身边："你知道吗？其实杜茂之前曾犯在我手上，入室盗窃未遂，但搜身时发现他裤兜里有把弹簧刀。"

莫昭昭一凛。带了刀，就算没用，也会判定为抢劫。抢劫和盗窃的判刑差了可不是一点半点。难道说……

果然，王警官苦笑一下："他当时才十六岁，我可惜他年纪小，想给他个机会，就把刀的事藏住了没说。最终，他被关了三个月，放出来的时间是时世文出事前半个月。"

王警官狠狠抹了把脸，手却没能从眼睛上拿开，声音哑得不像话："楚慈告诉我凶手是杜茂的时候，我整个人就像被雷给劈了一样。我不知道……不知道事情怎么会变成这样。想来想去都是我的错，我给犯罪者一个机会，谁给被害人一个机会？我是个帮凶，不配当警察。"

那时候他因为调查案子，一次次去向楚慈打听时世文的事。这个女人当时怀着孕，明明是最柔弱的模样，却坚定地相信着她的丈夫。为了让他相信，和他讲了很多有关时世文的事情。都是一些琐事，与案情并无关系，王警官听完大多忘了，却始终忘不掉，她讲述那些的时候，眼中有细碎的名为幸福的光。

当时只觉得有些唏嘘，得知杜茂是凶手后，再想起这事，他便恨不能掐死自己。楚慈和时世文明明可以一直都那么幸福，可是，就因为他，

楚慈只能对着他一遍遍地讲述那再也无法挽回的幸福。

"本来会是很幸福的一家人啊……"他哽咽得说不出话。

莫昭昭抽了一张纸巾递过去,什么也没说,只是安静地当个倾听者、陪伴者。安慰的话何其苍白,谁也不能对谁感同身受,轻易便说出一句别难过或者我能懂,那真是自傲又讨厌。

"不好意思,我有点失控了。"王警官接了面纸,深吸几口气,好容易才慢慢平复情绪,"谢谢你愿意听我说这些。"

"能让王警官心里舒服一点就好。"莫昭昭定定地看着王警官佝偻的腰背,又在他抬起头之前移开眼,俯身抱起小乖。

她抬起头往前看去,楚慈瘦骨嶙峋,脊背却挺得笔直,每一步都走得坚定,看着就觉得再大的苦难也无法压垮她。

人类就是这么弱小又顽强的生物啊!

"我好像理解了我们未解决案件调查组的重要性。"她轻声感慨,目光追随着前面那群互相扶持着风雨相伴走了二十年的同伴。真好啊,如今的他们脸上有笑,眼中有光,步履轻快,对他们来说,这条山路通往的是希望。

耳机那边的唐子安轻笑一声:"那你发现了自己对未解决案件调查组的重要性吗?莫昭昭同志,任务完成得很好,值得表扬。"

真要命,大神的笑声实在是苏得犯规,她摸到自己发烫的耳朵:"大神,我这边没什么事了,结束之后我让小何警官送我回来,你早点休息吧。"

"没事,还早,我等你这边案子彻底结了。说不定能从时世文身上发现别墅灭门案的突破口。"

## 2. 未曾哭长夜

一行人到了山脚下，市局的刑警、痕迹检验员和法医收到通知紧急赶过来，只等着找到尸体便就地检查。

没想到杜茂又闹幺蛾子。之前他是被吓得太狠了，失了神志才在警察面前认了罪。如今吹了一路山风，脑子清醒了，于是便开始装疯卖傻。那厚颜无耻的无赖模样看得人牙痒手也痒。

楚慈被他气得浑身颤抖，压抑了二十年的悲苦像开了闸一样倾泻而下。她捂着心口，哭得浑身颤抖，喘不上气。

就因为这样一个人，就因为这样一个垃圾，她的时世文，他那么好的一个人，死了之后还要被说成是十恶不赦的罪犯。

为什么偏偏是时世文？为什么偏偏是他要遭受这一切？为什么呢？为什么啊？

她不明白，不知道能够向谁发问，更不知道谁能给她回答。只是觉得好不甘心，明明她曾将幸福握在手里，那样真实，那样的真实啊！为什么突然之间就化作流沙消散了呢？她哭得撕心裂肺，像失伴悲鸣的大雁，啼血的杜鹃，声声断肠。

顾娟和时萤冲过去，一左一右架住她，想要劝慰却是不能。她们也一样悲伤着，能强忍住不放声痛哭已是拼尽了全部力气。她们哆嗦着唇，连一句话也说不出来，因为知道开口必然会是哭腔。

围观的警务人员无不为之动容，唯独杜茂跟个冷血动物一样，犯下杀人恶行却毫无悔改之意，看向楚慈等人的目光嫌恶、怨毒甚至有杀意。

离莫昭昭最近的一名年轻警员忍不住骂了一句："这是什么禽兽不如的玩意儿！我要不是穿了这身警服，非揍他一顿不可！"

唐子安看不见杜茂那副恶心模样，倒是最冷静，一针见血地指出："他在拖延时间，想拖过追诉时效。"

听唐子安语气平静，莫昭昭瞬间明白，嗤笑道："这蠢货怕是不知道时效中断。"

明日记忆定格

刑法规定，在追诉期限以内又犯罪的，前罪追诉的期限从犯后罪之日起计算。杜茂这样的人，怎么可能在这件事之后就转了性，二十年间做个安分守法的良好公民呢？

突然，小乖直起身叼住她的袖口晃了晃。莫昭昭蹲下身，与它"人同狗讲"一番，眼睛一亮："你知道尸体埋在哪里？"

小乖"汪汪"叫了两声往前跑，莫昭昭连忙跟上。听了全程的唐子安忍不住发笑——这是怎么达成的共识？

小乖耸动着小鼻子，走得坚定，不多时它停下来，扭头看莫昭昭一眼，伸出狗爪在一块地上刨了刨。

"是这里？"

"汪！"小乖抬头挺胸。

莫昭昭从包里翻出伸缩警棍开始刨土。杜茂当年行为仓促，不会埋得很深，果然她没挖多久，警棍便戳到一个硬物。

呼吸乱了一下，她戴上手套，小心翼翼地扒开周围的土，露出的是一只小灵通，二十年前使用广泛。她连忙又迅速扒拉几下，扒到一角黑色的防雨布。

"快过来，我找到了！"莫昭昭大声呼唤，其他警察连忙赶过来。杜茂也被带了过来，只看了一眼，脸便"唰"地白了。

派出所的警察同事拿着专业工具上前挖掘，莫昭昭抱起小乖退到一旁。

一名警察看了小乖一眼，赞道："这是警犬吗？好厉害啊！"

莫昭昭笑眯眯地摸狗头："是啊，小乖超厉害的。"

这话不过是随口寒暄，但说完之后，闲着也是闲着的莫昭昭忍不住回想了一下小乖的丰功伟绩，这一想便整个人都不好了。

第一次遇见小乖的时候，它带自己去挖了尸体，接着它从外面叼回了马雯雯的碎尸，再接着又带警方找到了下水道里的无头女尸，而现在它轻而易举找到了在土里埋了二十年的尸体。

她还记得唐子安说过，小乖受过专业训练。这一刻她不得不多想——它受到的专业训练究竟是什么？

莫昭昭胡思乱想，心乱如麻，小何警官叫了她两声她才回神。原来是那边时世文的尸体终于被抬了出来。

警方展开裹住尸体的黑色布，发现是一个汽车车罩。由于车罩具有防雨性，加上此地气候环境干燥，时世文的尸体竟未变成白骨，而是以干尸的模样完好地保存下来。

莫昭昭将情况转述给唐子安，突然"哎"了一声。

"尸体有什么不妥吗？"唐子安一问一个准。

"杜茂说时世文是被他撞死的，但尸体身上有一条很明显的刺伤，在腹部。小臂上似乎也有伤口。我觉得……"莫昭昭沉吟了一下，"应该和别墅灭门案有关。毕竟杜茂当时应该没脑子编……"

她突然收了声，因为看见楚慈走了过来。大约近乡情怯是人类的通病，她呈现出一种想要走快些但实际走得很慢的状态。警察们都不自觉地给她让出一条路，她一步一步走得缓慢却坚定，一路走到时世文的尸体旁。

莫昭昭一颗心提了起来，没忘记她刚刚才崩溃大哭过一场。她身体很不好，看到时世文尸体的这副惨状，只怕会撑不住。

楚慈情绪看起来还好，她慢慢蹲下，然后伸出手，缓缓覆上尸体腹部那条巨大的伤口，声音颤抖却极尽温柔："不疼了，摸一摸就不疼了……"

楚慈没有哭，莫昭昭却一瞬间感觉眼里进了风沙。慌忙仰起头，被山风吹过的鼻子酸涩得不行："撒手人寰什么的，还真是狠心啊……"

唐子安手一抖，在笔记本上画出一道丑陋的痕迹，耳机那头莫昭昭带着浓浓的鼻音，显然是哭了。他没有见莫昭昭哭过，当然就算见过他也记不住。他却感觉脑海中有一幅很清晰的图景，莫昭昭孤零零地站在

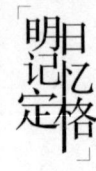

路灯下，双拳紧紧攥着，哭得没有声音，却一点点弯下腰。

"人生还真是一点道理都不讲，人生才是最不公平的呢。凭什么努力生活的人，要平白无故受到这样的无妄之灾？凭什么这些畜生可以轻易剥夺别人的幸福呢？善恶有报，这话是骗人的吧？"莫昭昭声音喑哑，不知道是在问谁，更像是自问。

无意识地往人群外走去，突然听见一阵哭声，她循声看去。挺着啤酒肚的丁壮从头到尾都一直很冷静，努力安慰着四个同伴，此刻却一个人藏在树丛后，胖胖的身体蜷缩成一团，毫无形象地号啕大哭、悲恸欲绝。

莫昭昭愣了一下，没有上前打扰他，悄悄转了个方向。

未曾哭长夜，不足语人生。在深夜独自痛哭的人，是能够笑着面对人生的，即使人生如此多艰。

"你问的那些问题，我无法解答，或许这些问题就是无解的，但正是因为这样，才需要我们警察的存在，不是吗？"唐子安花了许久才将自己从那似真似幻的记忆中拉出来，低声道，"警察维护的是正义，守护的是幸福，是所有努力生活的普通人的幸福。但就算是太阳也有照不到的地方，你要努力去挽救那些被剥夺了幸福的人，但不要把罪过都揽到自己身上。脱下警服，你也是个需要被守护的努力生活的普通人。"

"大神……"莫昭昭张了张嘴，好不容易憋回去的泪突然肆意涌出，她这样习惯了踽踽独行的人，果然是受不了一点温柔。她想要抹掉眼角的泪，却越抹越多，最后只能放弃："没事，我只是有一点点难过，只是一点点……"

天空中，清冷圆月皎若雪，笼罩着地上相拥在一处的一人一尸，月华如练，温柔得像情人的心。不过是阴阳两隔……而已。

远处"砰"的一声，有烟花在这座城市上空炸开，美得炫目但转瞬即逝。

"大神,有烟花,你看到烟花了吗?"莫昭昭被泪水洗过的眼中映着烟花的光。

唐子安起身往窗外看了看:"没有啊,太远了吧。"

"那等我回去,我们一起看吧,要记得写下来啊!"眼泪已经止住,笑容是雨后开出的春花。事到如今,她已经不会将自己陷入绝望了,因为她找到了指引自己爬出绝境的光芒。

### 3. 犯罪计划

　　法医对时世文的尸体做了初步检验——死亡时，他身上一共有四处新伤口。胳膊上那道是砍伤，深至骨头；背后有两道划伤；腹部有一处捅刺伤。还有一个很小的旧伤疤在髂骨上棘处。四处新伤并不致命，腹部那道伤口也通过简单包扎暂时止住了血，并不是因为失血过多死亡。根据鼻腔中的泥土分析，真正的死因是窒息，因为被泥土堵塞了口鼻造成的窒息。

　　初步检验只能如此，更多信息需要解剖后才能得知。

　　莫昭昭捏着那纸简单的报告，从头凉到脚，声音发抖："所以，杜茂将他埋进土里的时候他还没有死，他是被活埋的？"

　　唐子安也不由得沉默了片刻才沉声道："所以最可能的真相是——时世文带着一身伤从别墅逃到这里，看见杜茂的车想要求救。但因为受伤太重失去了意识，杜茂却误以为自己撞死了人，害怕担责任，干脆就地埋了。"

　　简直不敢相信，时世文死的时候会有多绝望。

　　跟着法医们回到派出所，莫昭昭拿着尸检报告递到杜茂面前时，他缓缓抬起头，从垂着的刘海后透出的目光阴鸷扭曲又神经质。显然已经得知时效中断的事，知道自己无法逃脱法律制裁，大起大落后，心理似乎发生了扭曲。

　　"以为？"杜茂像是听到了天大的笑话似的，阴恻恻地笑，"不，我没有以为，我知道自己没撞上他，也知道他还活着。可是那又怎么样？是他自己的错。深更半夜，怀揣重金走在偏僻的地方，他就已经不是个人了，而是只肥羊！肥羊就该被宰啊！"

　　"昭昭，你冷静一点。"唐子安听出莫昭昭呼吸声变重，猛然提高声音，"他说时世文怀揣重金，这肯定和灭门案有关，问清楚。"

　　莫昭昭略松了松揪住他领口的手："什么重金？说清楚。"

　　杜茂笑得瘆人，并不说话。

莫昭昭冷笑一声，凑到他耳边压低声音道："时世文老婆是真的得了绝症，没几天活了，她很乐意亲手送你和你全家下地狱。"

杜茂一愣，对上莫昭昭冷血戏谑的眼神，服了软："一枚祖母绿的金戒指，还有两块金条。"

金条！案发当天，邹光宗从银行取了很多金条放在别墅里，信息对上了。她急忙走出去，幸运地发现，警方那边也有了新发现。

时世文生前曾进行过捐赠造血干细胞的手术，脊背处那个很小的旧伤疤就是做捐赠造血干细胞手术留下的。当年，医疗技术还不发达，捐赠造血干细胞是要抽取脊髓血的，不像现在只需要从手臂静脉中采集便可。

莫昭昭恍然，难怪她看到那伤觉得有些眼熟。邹光宗身上也有相似的伤，资料显示他得过白血病，后来接受了造血干细胞移植手术。

略一想便明白了，当年这种捐赠手术原则上是对双方保密的，但以邹光宗的能力，找出捐赠者信息也不难。所以时世文这个毫无背景的无关人士才会出现在别墅里，因为他给邹光宗捐过造血干细胞，救了邹光宗一命。

莫昭昭抬腕看了眼时间，晚上十点半。她还有一个半小时来破别墅灭门案，听起来不可能，但总得试试。

和唐子安简单沟通了两句，她找到小何警官："小何师兄，麻烦你把被害人的小灵通送去市局，唐队拜托了技术科同事去加班，里面也许会有线索。我得再去别墅看一看。"

"这么晚了，你一个人……"小何警官不放心。莫昭昭指了指手表："没时间了。哪有警察嫌时间晚不出警的？"

"可警察也不能一个人出警啊！"

"那我陪莫警官上去吧？"突然一道声音插进来，是王警官。他走到两人面前："这案子当年是我负责的，二十年来一天也没放下，也算是我的执念了。"

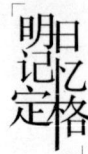

于是,就这么定下来,三人分两路出发。

上山路上,莫昭昭问,王警官答,更加直观深入地了解了当年这个案子。走到发现时世文钢笔的地方,王警官停下来指了指。莫昭昭前后看了看,这大概是离别墅三分之一的位置。

"他们当时将附近都挖了个遍,可惜除了一张烂得不成样子的纸,什么都没找到。"

耳机中唐子安开口:"问下是什么样的纸,护工的随身物品里有一本笔记本。"

莫昭昭依言询问,王警官比画了一下。莫昭昭从手机上找出各型号的笔记本尺寸,确认后有些失望:"A5吗?看来不是,护工那本笔记本没这么大。"

"没事,我再想想。"唐子安说完,安静下来,不知去忙什么了。

莫昭昭继续往上走,深知时间不多,和王警官说话时她也没有停下。

很快到了别墅门口,莫昭昭本能地看时间,刚过11点,还剩不到一个小时。

王警官站在门前:"报警的是邹光宗的助理,他次日早上8点到别墅门外,发现门从外面锁住。邹光宗爱好复古之物,别墅用的是老式的中式锁,这锁本该从里面锁住,锁在外面太过异常。他就从窗户往里看了一眼,结果就看见吊死在大厅里的邹鹏飞。当时将时世文定为重要嫌疑对象也是因为锁上有他的血指纹。如今看来……"

如今看来,应该是时世文受伤逃出去的时候,将门反锁了。这一举动显然是要阻止别墅里的人追出来,她不由得多想——时世文身上有四道伤,而别墅里除了邹光宗,刚好有四个人。

抛开死于心脏病的邹光宗不谈,另外四人的死法各不相同,再加上屋中一片狼藉,巨额财产丢失。案件被定性为抢劫团伙谋财害命。

可现在不对了。警方到时,窗户都是从里面锁上的。凶手不是时世文的话,在时世文锁上门后,这栋别墅便成了彻底的密室。莫昭昭眉头紧锁。案件性质完全不对了。

"难道凶手是四人之一？"她喃喃自语。

"昭昭！"唐子安的声音格外激动，"我发现了，笔记本里被撕掉的那页是一份犯罪计划！"

"啊？"莫昭昭诧异，她内心已经否掉了笔记本，毕竟大小就不对。

"因为被撕掉的是两张。"唐子安知道她有疑问，详细解释了一番，"护工的笔记本是裸背线装，被撕掉的刚好是折页最中间的两页，因为两页连着，所以大小是笔记本的两倍，而乍一看也看不出来被撕了纸。但每一份折页页数固定，我刚刚数了一下，发现了缺页。用铅笔涂了前后页，就发现了这份犯罪计划。她计划杀掉另外三个人，伪装成入室抢劫。"

莫昭昭想了一下，了然："是为了遗产。"

邹光宗死后，律师公布了他的遗嘱，遗嘱中他将一半遗产捐出，另一半平均分给当日在别墅的四人。而她想独吞。

耳机那边，唐子安给她念了一遍犯罪计划：

1. 8:35，趁闻路出门，藏进他房间，待他回来时将其割喉。
2. 去厨房处理刀具。
3. 戴上橡胶手套，进邹骏房间，在门口电灯开关上动手脚，造成漏电。趁他进门被电的瞬间，用他房间开刃的装饰斧砍死他。
4. 去阳台上拿晾衣绳，敲邹鹏飞的门进屋，趁他转身勒死他。

闻路是邹光宗的侄子，邹骏和邹鹏飞分别是他两个兄弟的孙子。这三名被害人的死法确实如她计划中写的那样。根据这个，基本可以认定凶手是护工。可是，如果真是这样，护工为什么也死了？她的死法可是被钝器重击头部，这显然不是什么机关能实现的，当然也不是不良于行的邹光宗能做到的。

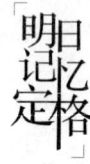

"走吧,我们去屋里看看。先看看护工李红遇害的地方。"莫昭昭有些焦躁,时间过得太快,离十二点还剩半个多小时。

拿着手机站在厨房门口,调出当年拍摄的案发现场照片和眼前的实景做比对,试着情景模拟。正看得认真,屏幕一闪跳出小何警官的来电。

果然是小灵通修复好了,还在草稿箱中发现了一封没有发出去的短信,或者说是遗嘱。

莫昭昭点开发到手机上的图片。

邹先生说要修改遗嘱,将遗产都留给我。我拒绝了,只拿了两根金条当谢礼,宝宝快出生了,我确实需要钱。于是邹先生摘了手上的戒指给我,说以后有任何麻烦都可以凭这枚戒指去邹氏集团。

回房时我捡到一个本子,发现了那个护工为了争夺遗产竟计划杀掉所有人。我不敢再留在这里,准备悄悄离开,没想到被那四人发现了。我想提醒另外三人,没想到他们竟一起对我下杀手。好在有贼闯入,我趁他们受惊之时逃了出来,反手锁了门。

可是这里太偏僻,失血让我头晕无力,我想我大概没法活着回到家了。希望有人能看到这封遗书,害死我的凶手是山上别墅里的四人,我甚至不知道他们的名字。

最后,老婆还有宝宝,对不起,我没法陪你们了,但我爱你们。

莫昭昭将信息念了一遍,看似念给王警官听,其实是念给耳机那头的唐子安听。

虽然莫昭昭之前隐隐猜到了真相,此时还是忍不住唏嘘。

时世文何其无辜,他善良,所以他做了件好事,救了一个人,却赔上了自己的一条命。

让他趁机逃出去的是杜茂,最后害死他的还是杜茂。这真像是生活开的一个无比残酷的玩笑。

## 4. 天网恢恢

莫昭昭定了定心神,压下伤感的情绪,开始冷静分析。

按照时世文的遗书,他锁门时,屋中四人还活着。同时因为杜茂的闯入,他们锁死了窗户,至此密室正式形成。凶手不会是外来者,只能在四人之中。

因着李红的犯罪计划,现在只要搞清楚谁杀了李红,一切就迎刃而解。

"昭昭,时间不对!"唐子安道,"按李红的计划,她第一个杀闻路,最后杀邹鹏飞,杀闻路的时间是 8:35 之后,邹鹏飞只会更晚。可邹鹏飞的手表在打斗中磕坏了,停在 8:30,这说明 8:30 就是他的遇害时间。时间对不上。"

被唐子安一提醒,莫昭昭脑中闪过几条关键信息:

犯罪计划第二步去厨房清理刀具、在厨房被钝器重击死亡、集中在左后脑勺的伤口和倒地位置、一把刀不缺的刀具架还有水池里泡着的一条一尺多长的草鱼。

莫昭昭的目光在厨房里转了个圈:"王警官,麻烦你站到冰箱和墙角的那个空当中。"

"你发现了什么?"王警官依言站过去。

莫昭昭站到水池边,假装清洗东西,果然王警官所在位置是她的视线死角。从那个位置冲出来击打她的话,伤口会在左后脑勺。

"我怀疑李红在执行第二步清理刀具的时候就遇害了,根本没能执行下一步。而一直没找到的凶器就是水池里那条鱼,只要冻得硬邦邦的,杀人完全没问题。"

按这个推测,8:30 邹鹏飞死,8:35 李红杀闻路。那提前埋伏在厨房杀李红的只可能是邹骏。因此邹骏不太可能杀邹鹏飞,杀邹鹏飞的就有可能是闻路。这样顺下来,邹骏是最后一个死的。

"我去楼上看看。"

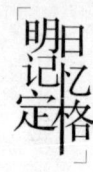

莫昭昭三步并作两步地跨上楼，手刚按上邹骏房门把手，大厅中的立钟"咔嗒"一声，而后连敲了十二下——时效过了。

"时间已经到了啊！"王警官苦笑，"到底还是输给了时间。"

停顿了数秒，莫昭昭重新坚定地推开了门："不，真相不该输给时间。"

王警官心中一震，显然没想到她有这般坚韧的心性，仿佛外界的一切都无法动摇她的内心，小小年纪便看得如此通透。

唐子安却并未感到诧异，明明他只有一日记忆，他真实记得的莫昭昭只是今日所见的那个有些狡黠的小姑娘。那样的小姑娘可以和乖巧、天真、聪慧等词挂钩，但与坚毅通透怎么也搭不上。可心底就是有种很笃定的感觉，她就该是这样的。

莫昭昭大步走进当年邹骏住的房间。

因着时世文和杜茂造成的干扰因素，当年的侦破思路定位为入室抢劫，完全跑偏了。这就是个连环杀局，邹骏要么自杀，要么死于某种设置好的机关。她更相信后者。

唐子安调出卷宗，将邹骏的部分念给她听。

邹骏被发现时屋子里一片狼藉，墙壁上、地上都有不少砍痕。邹骏俯趴于地，致命伤是腹部插着的一把斧子。身上有轻微电击痕迹，案宗上一笔带过，记载了是因为电灯开关漏电。

唐子安特地将这条完全会被忽略的线索念出来，因为李红的犯罪计划上有这条。

"别人看到了李红的计划？"莫昭昭说完自己便否认了，"不对，看到了也没法实施，砍死他的前提可不得自己活着。"

莫昭昭心不在焉地往里走，脚下绊了一下，好在有王警官关键时候拉了她一把，才没让她摔个大马趴。

摔？看一眼手机上邹骏的死亡图，莫昭昭眼睛猛然亮起来，扭头迅速跑去同一层的闻路和邹鹏飞房间看了一圈。果然……果然只有邹骏的房间有个很高的门槛!

重新回到邹骏房门口,她代入邹骏模拟当天的情景。

房间门是向外开的,拉开门,屋里一片漆黑,他伸手摸到门口的开关开灯,被电,脑袋眩晕,脚下被本不该有的门槛绊到,重重扑进门,而地上有一把固定住的刃朝上的斧子。

她记得凶器是一把双刃斧。蹲下身,用电筒照了照,果然在地板上发现了一道很深的砍痕,难怪要在墙上地上制造那么多砍痕,为的就是掩盖这一道吧。

"是邹鹏飞。"唐子安下了结论,"邹骏房间整理出的物证里有一颗衬衫扣子,那个年代衣服款式少,扣子都一样,没什么参考性。但邹鹏飞的衬衫上刚好少了一颗扣子。"

虽然当事人都已经死了,没法求证,但案情至此已经清晰:邹骏用冰冻鱼砸死了李红,李红割喉了闻路,闻路勒死了邹鹏飞,邹鹏飞提前布置的机关杀死了邹骏。

这样一个无人生还的真相叫人无言,听她说完,王警官震惊后冷哼一声:"幸好自相残杀死了,不然岂不是要逍遥法外二十年?"

莫昭昭知道他说的是这四人杀害时世文未遂一事,感慨道:"也许这就是世人相信的报应吧?或者说天网恢恢,疏而不漏。"

"也对,本以为案子过了时效,罪犯赢了,没想到竟没有人逃脱法律的制裁。"

真的没有人逃脱法律的制裁吗?莫昭昭抿了抿唇,眼神晦暗。

要形成那样一个闭环式的连环杀人,也许是巧合,但和李红的犯罪计划都对上,那就不可能是巧合了。

她之前就觉得奇怪,李红的犯罪记录上为什么只有 8:35 这一个时间点。如今却只觉得毛骨悚然,后面不需要写时间,是因为李红在执行完 8:35 的杀人计划后,就会死。所以后面的计划没必要写上时间。

李红当然不会认为自己会死,那么这样做的只可能是给她拟订这份

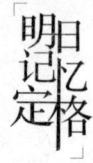

计划的那个人。

她有一个荒谬的想法——死掉的四个人每个人都有一份"求同存异"的犯罪计划。

闻路那份应该重点在他8:30之前去邹鹏飞房间埋伏好。邹骏那份重点则在他需要早早埋伏在厨房，腾出房间给拿到计划要去邹骏房间布置机关的邹鹏飞。而邹鹏飞的计划中一定也只有去邹骏房间布置机关写明了具体时间。

可惜当事人都死了，这些终究也只能是她的推理。

按照她的推理，给他们这份犯罪计划的幕后之人实在是太可怕了，给出这样的犯罪计划，除了看这些人自相残杀，她想不到别的理由。

她也知道自己这个推理听起来非常不可思议。但福尔摩斯说过："除去所有的不可能，剩下那个无论多不可思议，但那就是真相。"

两人走出别墅，明明案子破了，气氛却比来时沉默。

一想到这案子背后还有一个高智商的变态没有落网，她便觉得毛骨悚然。很多犯罪者有重返案发现场的习惯，今天是这案子过时效的日子，那人会不会藏在什么地方？

莫昭昭克制不住自己去想这事，背上冷汗涔涔，走路都有些僵硬。

"破案缉凶都只是事后补救。如果能提前预测出一个人会犯罪，防患于未然就好了。莫警官觉得呢？"

"王警官的想法是好的，防范当然优于补救，但不可能实现吧？"

"如果能够实现呢？莫警官疾恶如仇，想必也会愿意为了救更多的'时世文'而清理掉杜茂那样的人吧？"王警官声音压得很低，又被山风吹得破碎缥缈，好似有些失真。

莫昭昭走在前面，无知无觉，像是还在思考怎么回答他。

落后她一步的王警官的眼神突然变得狠厉起来，他抬起手推向莫昭昭后背。山道狭窄，他这一下推过去，莫昭昭必然会摔下悬崖。然而，他推了个空，在他即将推到时，莫昭昭身子猛然往内侧一歪，竟是脑后开眼一般避过了。

不待王警官反应过来，一个黑影从后面猛然扑过来，一口咬在他手腕上，痛得他眼前一黑。

站起来将小乖召回自己身边，莫昭昭平静地看着他："王警官也太大意了，我家小乖不见了，你就一点都不奇怪吗？"

她抬手按了一下耳机，安抚那边急坏了的唐子安："大神放心，我没事，一早就防着他呢！"

"你……你在跟谁说话？"王警官一愣。

莫昭昭抽出腰间警棍，站在树丛后："我凭什么告诉你？少废话，老实点走前面。你现在可不是值得尊敬的退休警察了，而是犯罪现行犯王少伯，我可不会对你客气。"

不甘不愿地走到前面，王少伯不解地问："你……你什么时候怀疑我的？"

"小乖进密室的时候。"

"什么？"王少伯震惊，想要扭头却被莫昭昭一棍子打在肩上。

莫昭昭用警棍抵在他后背，推着他往山下走："在你们的计划里，我是证人，所以我必须要通过窗户看完你们那场戏的全部过程，虽然我确实也看完了，但如果没有小乖出现，我根本解不开绳子，这不合理。除非你一早发现了小乖，才在合适的时候送它进来给我咬开绳子。为什么要这么麻烦，一开始就不把我绑紧不就好了？我想来想去，只能想到一种解释——绑我的人对我有恨意，想让我吃点苦头。我也的确摔得挺疼的。"

王少伯悔得肠子发青："我倒是小瞧了你。"

"多谢夸奖。后来你主动来跟我讲你和杜茂的事情，你很情真意切，可我总觉得有几分刻意。再后来你又主动要求陪我上山。我很想知道你的目的，所以就答应了。"莫昭昭说完戳了他一下，声音冷了几分，"说吧，为什么要杀我？"

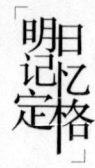

"我曾经放过杜茂一次,不能再放过你了!你就是个天生的犯罪者!"

"哈?"莫昭昭一脸莫名。

王少伯激动起来:"你一定会犯罪,就像杜茂一样,我提前杀了你,就不会有其他的受害者出现了。"

任谁被这么说心情都好不了,莫昭昭把警棍搁他肩上用力往下一压:"你有病吧?"

"你不用再装了,我知道你的秘密。"王少伯骤然扭头,神情扭曲,"会被他们选中的都是天生坏种!六年前,你被他们选中,还通过考核活下来。你已经不是个人,而是他们的伥鬼了吧?"

莫昭昭本能地捂了下耳机。她心头剧震,双目瞪圆,心中翻江倒海有无数问题想问,却一时不知从何说起。就这么一个愣神,王少伯趁机扭头扑过来,眼中满是杀意。

MINGRI JIYI DINGGE

## 第八章

## 未完待续

[明日记忆定格]

## 1. 为你念诗

唐子安只听得莫昭昭惊呼一声,然后便是一阵剧烈的打斗声,中间夹杂着小乖急躁的叫声。惊得他霍然起身,却不敢出声,怕惊扰到莫昭昭,只能提着一颗心,全身紧绷。

好一阵,莫昭昭喘得厉害的声音重新响起:"大神,我……"她咬了下唇,欲言又止。王少伯发难之前说的话也不知道唐子安听到了多少,她还没有想好要怎么解释。

"你怎么样?有没有受伤?"唐子安颤抖的声音里除了满满的关切没有其他,轻易便拂去了她心头的沉重,眼中浮起璀璨笑意:"当然没事,我超厉害的,何况还有小乖呢!人被我打晕了,没绳子捆,只能先卸了胳膊。麻烦的是这家伙重得很,没法搞下山。"

"你就待在那儿别动,很快会有人去接应你。"

莫昭昭乖巧地应了一声,仿佛刚刚那个凶残卸人胳膊的不是她。

唐子安这才松了口气,大约刚才神经绷得太紧,这一口气松下来,顿时一阵头晕目眩,让他站立不稳,摔回椅子里。好半响才缓过来,重新睁开眼,只这么一会儿,他背上便满是虚汗,脸色更是白得吓人。

都说病去如抽丝,他这种生死边缘徘徊过一圈的,身体更是虚弱,需要好好养上一两年。如今不过大半年,他今天又是熬夜又是用脑过度还加上各种惊吓,身体实在有些撑不住了。

理智告诉他,该去休息了,可是,不看着莫昭昭回来,他实在无法安心。想到这里,唐子安按着太阳穴苦笑一下,没想到自己也有让情感左右理智的一天。但如果这破例是为莫昭昭的话,他觉得值得。

"大神,我这边没事了。你赶紧去休息吧。"虽然莫昭昭心中惴惴,但没忘记唐子安的身体状况。她坐在山道上,搂着小乖一下一下顺着毛,目光放空看着躺在地上的王少伯,耳边一遍遍响着他说的那些话。

"没事,我再陪你一会儿。"

"大神你担心我啊?"莫昭昭轻笑,得到肯定的答案后,声音越发愉悦,"可是我也会担心你的身体啊!你要看着我担心吗?"

唐子安沉默片刻:"那好吧,听你的,我去休息。"

听到耳机那边椅子移动,唐子安起身的声音,莫昭昭没忍住叫了他一声。这个案子让她深刻体会到了——你不会知道意外和明天哪个先来。有些事想做就去做,如果因为拖延而没能说出口,一定会遗憾。

"怎么?改主意了?"

双手交握,她咬了咬牙:"你……你要是睡不着,我给你念诗吧。"

唐子安脚步一顿,虽然觉得这有些奇怪,但还是笑道:"好,你念吧。"

耳中静了几秒,莫昭昭微带颤抖但缱绻的声音响起:"如果不曾相逢,也许心绪永远不会沉重。如果真的失之交臂,恐怕一生也不得轻松……死怎能不从容不迫,爱又怎能无动于衷……"

唐子安呼吸顿了一下,身体也不由自主地绷紧。这是汪国真写的一首情诗,名字就叫《只要彼此爱过一次》。莫昭昭什么意思,他就算再迟钝也能明白。

像是有一股小小的电流飞快地蹿过心脏,让他的心率猛然乱了一下。莫昭昭的告白来得猝不及防,他完全没想到,她在明知自己是这样一种情况后,还有勇气喜欢上他,在他看来这完全就是飞蛾扑火。

他现在这种情况,谁也说不好还会不会恶化,万一哪天出点什么意外,他就会把她忘了。就算不恶化,他每天醒来,关于她的记忆也会变成记事本上苍白的话语。他们永远没有可以回忆的共同记忆。这样的他根本没有能力给别人幸福,更配不上莫昭昭的喜欢。

一首诗不长,莫昭昭念完又等了许久,耳机那头仍是一片安静。她不知道唐子安在想什么,只当他给自己面子,没有直接说出"拒绝"二字,但这种时候沉默就能说明一切了。

一颗忐忑的心在空中浮浮沉沉,最终一路落了下去。抖着手把耳机取下关了机,她自嘲地勾了下嘴角。还好,唐子安明天醒来便会什么都

忘了。她虽然表白失败,却不必担心连同事都做不了。她演技那么好,明天自然可以假装什么都没有发生过地出现在他面前。

唐子安良久之后才发现莫昭昭掐断了通话。他心头一慌,立刻重新启动连接,却发现莫昭昭关了机。接着打她的手机,但她人在山上没有信号。心猛然空了一下,如果莫昭昭因此伤了心,决定离开他……这个假设让他感到一阵前所未有的惶恐。

他忽然反应过来,自己刚才想了那么多,全是他不能和莫昭昭在一起的理由。全是"不能",没有"不想"。

所以,他是想的,他想和莫昭昭在一起!明明对她只有一天的记忆,可内心是那样坚定地告诉他,不能失去她,想和她在一起!

他抬手在心口按了按,也许,心脏真的也有记忆功能,只是心脏记住的是情感。所以明明没有记忆,但看到某个人的时候,会觉得心动抑或心痛。

想通这些,他急急起身去吃了几粒药,他不能睡,他要等昭昭回来。

从某种程度上来说,他是一个没有明天的人,所以现在的这一份心情,他一定要好好地传达给莫昭昭。他也想要尽可能地记住这份心情。

幸好,这耳机有自动录音的功能。他打开软件,将莫昭昭念诗的那段录音单独剪出来,保存进手机里。

坐在客厅里等待莫昭昭的时候,他听了一遍又一遍。原来心里真的会有甜甜的感觉。

三个小时后,莫昭昭蹑手蹑脚地开门进来,看见坐在客厅里,脸色很差,却神采奕奕的唐子安,吓了一跳。

但下一秒,她一个箭步冲上去,噼里啪啦就是一顿数落,凶得很:"你没睡觉?凌晨四点不睡觉,你身体不想要了?你知道你脸色有多差吗?走,赶紧回房睡觉!"说着便要推他回房。

唐子安觉得自己大概被下了蛊，竟觉得她凶巴巴的样子格外可爱。被她推着走了两步才反应过来，扭过身强硬地握住她的手腕，认真道："我没睡是想等你回来，刚才我没来得及回答，你就中断了通信。我想了很久，觉得有些话要当面和你说清楚。"

方才担忧盖过一切，她全然忘了之前告白的事。现在冷静下来，顿时浑身不自在起来，讪讪垂下眼，心里嘀咕：特地等她到凌晨四点就为了跟她把话说清楚，还真是唐子安能够做得出来的。

"昭昭，对不起。"

她自嘲地勾了下嘴角，接下来是不是要发好人卡了？

"你是个好女孩……"

看吧，果然是这句。她无声嗤笑。接下来就该说，但是我不喜欢你了呗。

"如果我能恢复记忆，而那时候你还没有改变心意，换我给你念诗好吗？"

就知道会是这句，不就是……哎，等等，他说什么？莫昭昭诧异地抬起头，一双猫儿眼瞪得溜圆。

摸了摸她的头，唐子安看着她的眼睛温声重复了一遍。

半晌，她笑得眼如弯月："就算你是在安慰我，我也觉得很开心。"

唐子安格外认真："不是安慰，我也不会用这种事安慰你。"

"你等我一下。"她像兔子一样冲到书房，很快拿着一支马克笔，夹着一本本子出来。拉过唐子安的手，在他手心一笔一画写道：**如果我能恢复记忆，我就是莫昭昭的男朋友。**句号后面还画了个小小的爱心。

写完，她将夹着的本子和笔都递给他："你照这句话抄一遍，记得签名。"

唐子安发现自己真是喜欢她这种尾巴翘上天的小模样，一边照做一边问："这是干什么？"

收回本子，她一挑眉，美滋滋道："签字画押。"她看了又看，然

第八章 未完待续

143

后珍而重之、小心翼翼地合上本子,眉目生动,一颦一笑像猫爪轻轻在他心头挠了一下,不痛,只叫人心痒。

唐子安舍不得错眼,时至今日,他才发现原来自己亦是个贪婪之人,他想要记住这一切,非常非常想。

## 2. 百年前的你

送唐子安回房睡下后，莫昭昭回到自己房间，却没有睡觉，而是开始整理从昨天到今天的收获。

掐断和唐子安的通话后，她弄醒王少伯，问出了不少东西。

王少伯自称他一直在追查一股犯罪势力，调查别墅灭门案时发现这个案子也是这股势力策划的，自然是为了那些黄金。至于想杀她，则是因为他认为莫昭昭隶属于这个势力。理由是莫昭昭六年前曾被那个势力掳走过。

据王少伯说，凡是被那个势力看上掳走的都是年幼的潜在犯罪者，能活下来的必然都已经被洗脑同化，成为这个势力的一员。

结合她当年的经历，王少伯说的应该是真的，只不过她和肖恬鲤的情况不太一样。当年才十四的她和才十六岁的肖恬鲤联手摆了对方一道，成功逃了出去。

而后，为防被对方找到，她们毫不犹豫地斩断了与过去的联系，改名换姓辗转来到这座城市。这对她们来说没什么难的，都是虽然父母双全却还不如无父无母的可怜人。

两年前肖恬鲤出事，她隐隐觉得是当年那帮人认出了肖恬鲤，只是并无证据。只能更加小心，她一直以为自己隐藏得很好，被王少伯认出来，这令她极度惶恐。

她看得出王少伯有事瞒着她，但无论她怎么问，甚至用了一点小小的刑讯手段，王少伯都咬死了是他自己一心调查那股犯罪势力，所以认出了她，直到接应她的两名警察到来也没松口。

王少伯的不配合，虽然让她有些苦恼，却也在意料之中。麻烦的是，她才知道自己的对手竟是个存在了至少二十年的庞然大物。初时她是有些惊慌，但很快便恢复了冷静，对手再强她也不会坐以待毙。只要没到必死之境，那就一定有办法。

闭目沉思许久，她重新睁开眼，将下巴搁在小乖头上蹭了蹭，露出

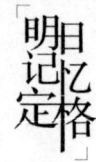

一抹胸有成竹的笑。

于是,和两名警察碰面后,她没有急着下山,反而带着他们折返了一趟别墅——去找黄金丢失的真相。之前她一心破命案,竟把黄金一事忘了,得了王少伯提醒才想起来。

既然幕后势力的目的是黄金,那他们必须要确保警察来搜索命案现场时不会发现黄金。这样一想,再想一想别墅里的布局摆设,黄金原本在何处就很清楚了。

指挥两名警察拧下保险室厚重大门内侧的螺丝,露出这扇十厘米厚大门中空的内部满满的铁块。当年黄金就被藏在此处。被调包的黄金证明了幕后势力的存在,她之前关于命案的推理也因此得到佐证。

普通过了时效的案子不会引起上头的注意,牵扯到犯罪团伙却不一样了。她将此事如实汇报给小何警官,果然他非常震惊,也不管正值深夜,扭头就给吕梁打了电话。十分钟后,吕梁亲自给她回了电话,让她天亮之后去市局一趟,这件事必须从长计议。

莫昭昭目的达到,长长地舒了口气。一个二十年前就已经这么厉害的犯罪团伙,她怎么斗得过?当然是有困难找警察。

看看时间,还剩一个小时她就得出门去警局,干脆她也不打算睡了,轻手轻脚地去厨房熬了一锅养胃粥,保温好贴上便笺,确保唐子安起来就能喝上,这才安心出门。

发现来接她的竟是吕梁,莫昭昭稍稍愣了一下,看来他们对此事真的很重视,这对她是好事,警方越重视,她便越安全。

然而她的好心情只持续了不到两秒,因为吕梁神色凝重地告诉她——王少伯死了,死因是摔倒造成的动脉破裂。

莫昭昭顿时如堕冰窟。

她很清楚王少伯身上的伤是被她打的,根本不是因为摔倒,怎么可能会有摔倒造成的动脉破裂?

王少伯刚说了他一直在调查这股犯罪势力,今天会把自己这么多年来调查到的东西带来警局，然后他就被杀了。

莫昭昭的指甲狠狠掐进手心——是那帮人干的，这做派和六年前一模一样！

六年前，和她还有肖恬鲤一起逃出魔窟的其实还有一个小女孩。和她们不同的是，那个小女孩有疼爱她的家人，所以她逃出后第一时间回了家，然后，女孩一家三口当晚就遇害了。

从此之后，她将自己变成了没有前尘往事的流浪儿莫昭昭。

"我不相信王警官的死真的纯属意外，你最近最好也小心一点，局里会安排人保护你。"

"我没事，小楼的安保设施很好。而且我什么也不知道，对方如果有心杀我，昨晚就可以动手，没必要给我防备的机会。"她一派平静地说着这话，内心却满是死里逃生的后怕。如果她昨夜没有刻意掩饰，如实说出王少伯曾想杀她的事，现在自己大概也已经死了吧。

为王少伯引来杀身之祸的话是怎么传到对方耳中的？内奸，还是窃听器？她不知道，她只知道，秘密还是得烂在肚子里。

去到市局，她并没有待很久，略去和她有关的部分，她一丝不苟地复述了王少伯说过的话。一再强调了自己真的什么都不知道后，她急匆匆赶回了小楼。

回去的路上她惶惶不安，因为就在刚刚，她忽然有了一个猜测——唐子安房间里那些卷宗，与她有关的两个案子其实都和那股犯罪势力有关，那其他案子会不会也都与那股犯罪势力有关？他在调查这股犯罪势力，所以被对方下了杀手。

到家时，唐子安刚刚起来，正在吃早饭。看见莫昭昭进来，他立刻想到早上醒来看见胳膊上写的那行字，突然脸有点烫。

莫昭昭却没注意到他的不自在，急匆匆走进来，口中说着："大神，你怎么起来这么早，不多睡会儿？"手上却写道，"家里有测试窃听器的工具吗？"

唐子安会意，喝粥的动作没停，漫不经心道："回来了？去我房里把靠墙那个床头柜抽屉里的案宗拿到工作室去。"

看莫昭昭立刻跑向他房间，他这才一愣。他分明不喜欢别人踏足自己房间，刚刚那话怎么会说得那么自然？更奇怪的是，他看见莫昭昭进去时并没有感到被冒犯。

飞快撩起衣袖看了眼手臂上那行字，唐子安感觉自己心跳快了几分，即使没有记忆，感情也能持续保留吗？

莫昭昭很快拿了反窃听设备出来，唐子安做贼一样迅速放下衣袖，还好莫昭昭心思暂时不在他身上。她如临大敌地在屋子里巡视一圈，确认安全后，长长地舒了口气。

"你留了字条说去警局，发生什么事了？"

"王少伯死了。"莫昭昭简单说了情况，然后看着他紧张地咬了咬唇："我有件事想问你。"

"嗯，你问。"唐子安点头，看起来竟……很乖。

莫昭昭一时被美色所惑，哪里还记得斟酌语言，直直就问了出来："你房间书桌边那摞卷宗是怎么回事？"

"你看过那些卷宗？"

被唐子安一反问，莫昭昭才惊醒过来，自己是偷偷看的，顿时涨红了脸，支支吾吾将事情说了一遍，小脑袋低垂着，像被霜打的茄子。

"所以我两年前就见过你？"

"啊？"莫昭昭呆呆地抬起头，"你不生气？"

"我很开心。"唐子安眼含笑意，"两年前的你不会被清零。走吧，带我去看看那张照片。"

### 3. 密码 0810

唐子安屋中的那些卷宗和他导师阚真的儿子有关。

作为公安部特邀刑侦专家，阚真这一辈子破获大案无数，是个典型的工作狂，但也因此忽略了家人。

老婆去世后，他发现自己根本无法照顾年幼的儿子，只能将儿子送到父母那里。他满以为父母能教育好他，自然也能教育好孙子，却忘了隔代多溺爱。

直到儿子打伤人，他被叫去警局时，才发现十四岁的儿子在老人的溺爱下，已经成了一个打架斗殴抽烟喝酒的混混。而面对再复杂的案件都能冷静处理的他，面对这样的儿子却束手无策。

于是，他做了一个最错误的决定。经人介绍，他将儿子送去一所专收问题学生的矫正学校。

阚真一心盼着儿子能改过自新，没想到等来的却是儿子的死讯。有个精神病人闯进学校，捅死了好几名学生后被学校保安制伏。

人证物证俱全，又是抓的现行，案子很清晰，阚真却坚持说那个精神病不是凶手，这是一场有预谋的谋杀。可他虽然一直这样说，却拿不出任何证据。久而久之，大家都以为他承受不住丧子之痛，不愿接受现实。

没有人相信他，阚真就自己调查，这一查就是七年，直到他因公殉职。

阚真去世时陪在他身边的是唐子安，阚真强撑着一口气，攥着唐子安的手，在他耳边反反复复说着"书房保险箱……密码 0810……"

0810 是师父儿子遇害的日子，这个案子成了他的执念，他到死都放不下。

唐子安在师父葬礼后打开了他书房的保险箱，然后发现了这些卷宗。师父用了七年时间，查阅了上千宗可疑案件，最终确认这些案件和他儿子死亡的案子是同一个犯罪组织所为。

震惊之后，唐子安便接手了师父的调查。于公，这案子牵涉甚广，令人震撼；于私，这是师父的遗愿。

「明日记忆定格」

"这个案子是我加进去的。"唐子安拿起肖恬鲤那个案子的卷宗，叹了口气，"看完这些卷宗，我意识到师父的死可能也不单纯。于是便暗中调查他出事前见过什么人。这个女孩和师父见面时非常谨慎，我花了小半年才查到她。然而还是迟了一步，没等我去找她，她便出事了。"

"难怪你当时会出现在案发现场。"莫昭昭眼神空洞，显然是陷进了回忆里。唐子安突然抬手捂住她的眼睛："都过去了。"

手心的温热让她不由自主靠上去蹭了蹭，唐子安瞬间僵住，却不知怎的没有立刻把手收回来。只是生硬道："你是哪个？"

莫昭昭拿起一张照片，指了指上面那个弯腰驼背，厚重刘海遮住眼睛的女孩："这是我，报案人。"

对上唐子安难以置信的眼神，她终于很浅地笑了一下："是乔装。我们不仅斩断了和过去的联系，也一直扮演着毫无交集的两个人。这样至少一个人暴露了，另一个还是安全的。事实也证明了这点。"

"那你就这么告诉我了？"

"反正现在也只剩我……"若肖恬鲤还好好的，她当然死也不会开口，但如今只剩她一个人了，生也好死也好，左右不过是她一人。溢出一声轻叹，她垂眸看向唐子安手上还没擦掉的字迹，"而且我相信自己的眼光。"

唐子安将拳头抵在唇边轻咳一声，掩饰自己的尴尬和害羞："你们当年究竟经历了什么？"

"地狱。"莫昭昭咬着牙，缓缓吐出两个字。

唐子安心一紧，突然就不想问了，没人比他更清楚记忆的可怕。回忆一遍"地狱"经历对莫昭昭来说一定非常痛苦。手比脑袋动得快，他伸手握住莫昭昭的手，入手才发现她的手冰冷还微微发抖。

像是知道他要说什么，莫昭昭摇了摇头，哑声开口："六年前，我和肖恬鲤就像你师父的儿子一样，被家人送进了矫正学校。"

"你？"唐子安真的吃惊，在他眼中，莫昭昭乖巧懂事、成绩又好，怎么也没有理由被送去那种地方。

莫昭昭笑得满不在乎："我家那对父母收了八万块钱彩礼，准备把才十四岁的我卖给一个四十岁的老光棍当老婆。我就放火点了他们的房子。"

她闹出了太大动静，那对夫妻反而害怕起来，也不敢像平时那样打她，干脆以不服管教的名头将她送进了一所矫正学校。

肖恬鲤和她是同一天被送进去的，理由是网瘾。

人和人的缘分有时候真的很神奇，她和肖恬鲤都是独来独往惯了的人，当了十几年的独行者，却在这种地方相见恨晚，迅速成了莫逆之交。

在其他孩子还没搞清楚情况，哭着闹着要出去的时候，她们已经敏锐地意识到这个学校有问题——那些老师一点也不像老师，他们的眼神没有一点温度，莫昭昭甚至觉得他们杀过人。学校给他们看的影片、书籍包括老师上课时讲的内容，也都极具煽动性。

果然，在这个学校待的时间久了，学员们人性中善的部分在一点点消失，恶的部分不断放大。所有人都像是变成了一点就着的鞭炮，暴力事件从时有发生到每天上演，而且愈演愈烈。

老师却并不阻止，电击、黑屋等惩戒措施只在不听老师话的学生身上。这行为和马戏团驯兽一样，久而久之，孩子们便对老师的命令言听计从，即使那些命令越来越过分。

和其他孩子不一样，莫昭昭和肖恬鲤从入校第一天便开始策划逃跑。莫昭昭靠自己精湛的演技成为老师们最忠实的走狗，可以代为管理其他孩子，随时去向老师打小报告等。靠着这种便利，她很快摸清了学校的地形并获得了每天帮老师将每个孩子的表现情况录入电脑的权限。肖恬鲤趁机黑入监控系统，将她们房间入睡时间后的监控全部替换为固定画面。

每晚入睡时间后，她们便翻窗跑出去，为逃跑做准备。她们收集了很多东西，通通藏到学校唯一一辆车的车底。两人野兽一般的直觉告诉她们,这辆车是她们逃出去的关键。

三个月后的一天晚上,老师挑了十一名学生,说要带他们出去。上车后,莫昭昭迅速发现这些都是"表现优异"的学生,但有个例外,那是个刚入校不到一星期的女孩,瘦弱胆小,入校原因是整天化妆打扮,不爱学习。

车开到学校后山,老师给每人发了一把匕首,然后宣布这是他们的毕业考试——这里有十个猎人和一只羊,猎人们只要杀掉"羊"就能毕业回家。

毫无疑问,那个新入学的女孩就是那只"羊"。

经过三个月的训练,除了被选为"羊"的女孩发出抗议的大喊,竟没有人觉得这样不对。

好在莫昭昭早有准备,揪住"羊"的头发,粗暴地将她往树林中一推,冷笑着扔出一句:"死羊有什么意思,会跑的羊才有意思。你们懂不懂狩猎的乐趣?"

原本打算动手的其他人被这话说服,于是收了刀,一起看着女孩慌不择路地窜进树林的身影哈哈大笑。

轻而易举将单方面的虐杀变成追逐后,莫昭昭和肖恬鲤在所有人涌进树林后,悄悄潜回车上。用老师发的匕首,避开要害毫不犹豫地捅了他几刀,成功让老师失去战斗力后,抢了车,又找到了按莫昭昭吩咐乖乖藏起来的"羊"。

她们不是救世主,只是自身难保的泥菩萨,所能做的不过是顺手拉一把,如果女孩没有选择相信她,那她们也只能丢下她不管。

临走前为防学校的人太快追过来,莫昭昭发挥老本行,往树林里放了一把火。只在网上看过汽车驾驶教程的肖恬鲤虎了吧唧地开着车,跌跌撞撞地逃了出去。

逃到有人烟的地方后,三人果断弃了车。被救出来的"羊女孩"小叶靠着化妆打扮的"恶习",帮助三人完成了大变活人般的乔装。

接下来，靠着从那老师身上抢来的百十来块钱，三人走了三天，终于到了小叶的家。

说不上为什么，可能是对危险的直觉，莫昭昭和肖恬鲤没有和小叶一起回家，而是去火车站的过道里将就了一晚，第二天两人便听到了小叶一家昨晚被流窜匪徒杀害的消息。

十四岁的莫昭昭和十六岁的肖恬鲤手牵手站在车水马龙、人来人往的大马路上，突然感到彻骨的寒意。

害怕、无助、绝望、挣扎，一切强烈的情绪尘埃落定之后，两人俱从对方眼中看到一个坚定的信念——她们想要活下去，无论如何都要活下去。

讲述到此结束，屋子里格外安静，安静得莫昭昭可以听见自己平静的心跳。

她从没想过自己有一天能够如此平静地吐出这些过往，虽然刚开口的时候很疼，像是被一把尖锐的匕首插进心口，狠狠翻动，生生剜下一块肉来。

但就像骨折后长歪了的腿会一直隐隐作痛一样，要想彻底治愈就只能打断重新长。她咬牙强忍着，字字含血地说出那些过往。全部讲完的那一刻，像是终于吐出一口郁结于心的黑血，很痛，但吐出去之后，整个人一下子轻松起来。

亲手撕开自己血淋淋伤口的莫昭昭脸上毫无血色，神情却满不在乎，甚至能条理清晰地帮唐子安分析："你遇袭一事疑点重重，我怀疑是因为你查到了什么，他们想要灭口……"

她话没说完，突然迎来一个巨大的拥抱。冷静自持的唐队长在这一刻丢盔弃甲，心疼地只想跨越七年的时光去抱抱十四岁时的莫昭昭。

六年前逃离魔窟的时候她没有哭，肖恬鲤出事的时候她没有哭，刚刚剜出毒疮的时候也没有哭，却在这一刻，她不可自已地揪住唐子安胸

口的衣服，泣不成声。

温暖真是这世上最可怕的东西，半点沾染不得，它会催生你心底的脆弱，然后让你上瘾。

莫昭昭心里很清楚，却舍不得放开，只能一遍遍对自己说就这一次，一次就好。

最终，哭肿双眼的莫昭昭被难得霸道了一次的唐子安强押着送回房间睡觉。

唐子安都没来得及关门出去，就看着口中嚷着"我没事，我不累"的莫昭昭刚沾上枕头便一秒入眠。他愣了一下，而后微微笑起来。他想他大概是得病了，得了一种看见眼前这人不开心就会难过的病。

小心地关上门退出去，唐子安进入工作室，调出昨夜的录音，打算对着莫昭昭写的结案报告从头听一遍。

毕竟他不在现场，仅靠耳机中传来的声音并不能构建出案件全貌，也许有什么地方疏漏了。

再听一次，那骤然响起的枪响还是叫人心中一惊。脑中某根神经蓦然跳了一下，与另一声遥远的枪声重合。

因为脑部受到重创，他受伤前后的记忆一直有些混乱。这声枪响却像是一只将时针拨正的手，混乱的记忆在一瞬间打乱重组。

当时，他被人从身后袭击，扑倒在地，却没有立刻晕过去。一道光从后面照到他脸上，他吃力地睁开眼看了看，却只能看见灰扑扑的地面，没有看见任何人。

——是的，灰扑扑的地面，没有血！

后来警方发现属于邵捷的那一大摊血就在自己倒地处的正前方，也就是说，他受伤的时候，邵捷还活着。

然后，他头上又被重重砸了两下，意识陷入黑暗前，最后听见的是一声枪响。

因为记忆混乱，唐子安潜意识中一直有一种恐惧，以为是自己在黑暗中开了枪，误打中了邵捷。他陷在这种恐惧中，找不到人可以倾诉，如今总算是解开了一个心结。

一个念头不受控制地冒出来，他滑动鼠标，找到时萤的供词。

时萤是个护士，知道市面上能买到的道具血浆骗不了人，干脆直接给自己抽了 400ml 血做了个真血袋。

"真血袋、自己的血……"唐子安眸色转深，他记得邵捷一直有献血的习惯。出事后，警方判断邵捷没有生还可能的重要证据就是当时现场残留的血迹属于邵捷——没有人能够在流了那么多血之后还能活着。

但如果用了这种方法的话，也许邵捷真的没有死，毕竟现场没有尸体。

唐子安按下暂停键，闭目沉思。晕倒前干干净净、没有血迹的地面在他眼前挥之不去，如果真是他想的这样，最有嫌疑的人是邵捷。可是他实在想不到怀疑的理由。

他和邵捷从大学便是睡上下铺的好兄弟，毕业后自然而然成了搭档，一起出生入死无数次，是可以交托后背的战友。曾经他以为自己怀疑谁都不会怀疑邵捷。

MINGRI JIYI DINGGE

## 第九章

## 以我之命

## 1. 颅骨出现

莫昭昭一觉睡到傍晚，然后被嘈杂的人声给吵醒了。迷迷糊糊走出门，她发现屋子里站着好几名警察。办公桌前，吕梁正一脸严肃地在和唐子安说话。

他们声音不大，但她耳力不错，勉强听清了一些词，比如颅骨、子弹、你的手枪……

一点未消的睡意瞬间散了，无视其他几名警察师兄的阻拦，她直直冲过去看向吕梁："你说颅骨？"

吕梁点点头："那具女尸的颅骨找到了。"

莫昭昭蓦地瞪大眼睛，垂在身子两侧的手不可控地微微颤抖。她想过那消失的颅骨很有问题，八成会被用来给唐子安致命一击，但没想到来得这么快。

找到的那具无头女尸的颅骨上嵌着一枚子弹，经过膛线比对，确认这枚子弹是从当时唐子安那把配枪中射出的。

听吕梁这么说的时候，无论莫昭昭还是唐子安竟都有一种"果然如此"的感觉。

唐子安修长的手指在桌上敲了敲："颅骨是在哪里找到的？"

吕梁神色复杂地看了莫昭昭一眼："是小乖叼去警局的。"

莫昭昭惊得退了一步，努力回想了一下，好像今天她早上出门的时候小乖就不在院子里。

顷刻之间，毛骨悚然。她狠狠打了个冷战。

寻找到时世文尸体时那种毛骨悚然的感觉卷土重来，当时她还能安慰自己说自己想太多，小乖只是嗅觉太灵敏。可现在呢？

明明和她一样忙了一天一夜没睡，却一大早就跑出门去，就为了叼个颅骨送去警局？这是一只普通小狗能做出来的事情吗？

吕梁看向唐子安，歉然道："队长，虽然我们都知道这事透着蹊跷，但证据如此，也只能先委屈你按程序跟我去局里一趟了。"

唐子安无异议地起身，莫昭昭拉了他一把："我也去！"说完动作麻利地开始收拾东西。

看着她又是毯子又是水杯地将巨大的背包塞得鼓鼓囊囊，唐子安无奈阻止："昭昭，我是去警局接受问讯，不是去郊游。"

"这么晚了，你肯定得在审讯室待一晚。你身体不好，我想吕队长能够体谅的。"

吕梁还能说什么？只能保持微笑。

小乖果然在警局，一见到莫昭昭，它立刻热情地扑过来，求抱抱求抚摸，莫昭昭却本能地侧开身子让了一下。

小乖对人的情绪很敏感，顿时耳朵耷拉下去，漆黑的大眼睛里也装满委屈，小心翼翼地蹭着她的裤腿，发出可怜的呜咽声。

莫昭昭心中一软，强制自己别开眼不去看它，她知道小乖只是一只狗，它什么都不懂，不能怪它。可是她实在不知道自己该用什么感情去面对小乖。

她从没想过自己有一天会去怀疑一只狗，然而小乖身上的怪异行为让她不得不怀疑。仔细想一想，唐子安旧案的推进全靠小乖。怎么就这么巧，半年多找不到的尸骨，就让小乖找到了？找到尸骨还不算，还要从别墅回来立刻马不停蹄地去找到颅骨并直接送进警局，怎么看都像是有人在背后操纵。

可是小乖和她的相遇是在她成为唐子安的助手之前，而无论是成为唐子安的助手还是收留小乖，都充满不确定性。

毕竟如果不是小乖赖着她，而马雯雯又不喜欢小乖……莫昭昭背后一凉，突然想起马雯雯那本让人窒息的笔记本。

等等……真的充满不确定性吗？仔细想一想好像也不是。

唐子安是她的偶像，警校师生大概都知道。唐子安需要一名助手，但换了几个都不行，这似乎也不是什么秘密。

然后，唐子安被吕梁请来助阵连环失踪案的调查，她则因小乖的"碰

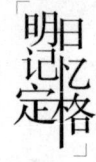

瓷"行为成为报案人，在这个案子里正式与唐子安结识。

她是警校最优秀的学员，一旦被认为是嫌疑人，她一定会展露能力替自己洗脱嫌疑，如此她的能力自然能够得到唐子安的认可。

她是一名还未毕业的警校学生，缺钱又以唐子安为偶像。多合适的助理人选。

因为小乖赖着她，以她的性格自然会将小乖带回去。接着马雯雯突然对小乖发了脾气，她不得不为小乖寻找新的住所，于是成为唐子安助理的她顺理成章地送小乖入住了唐子安的小楼。

再然后借由马雯雯一案为幌子，小乖叼来一块半年前那位女性受害人的骸骨。自此针对唐子安的这场大戏正式拉开帷幕。

她没有忘记，马雯雯一案结案后，她和大神讨论过，马雯雯的自杀有没有可能是受那本古怪的笔记本诱导。答案是很可能。她后来查了不少资料，有不少自杀网站、自杀游戏会故意引诱本就有抑郁厌世情绪的人自杀。

而马雯雯笔记本里记载的每天 4:20 起床的行为和"蓝鲸死亡游戏"非常相似。简而言之，马雯雯当时的行为是可以被操控的。

她起了满身的鸡皮疙瘩，脑中更是乱作一团，半晌才终于低下头对上小乖一双懵懂无辜的大眼睛，苦笑："你究竟……究竟是谁的狗？"

小乖不知道是不是听懂了她的话，突然站起来，往前跑了两步，然后扭头看她。

莫昭昭对小乖的举动非常熟悉，这是要带她去哪里的意思。如果是以前，她肯定毫不犹豫地跟上了，可现在……

小乖见她不动，跑回来咬着她裤腿扯了扯。莫昭昭看了一眼审讯室中的唐子安和吕梁，咬咬牙，决定跟上去看看。

子弹是从唐子安的手枪中射出的没错，但当时唐子安重伤昏迷，手枪并不在案发现场。幕后之人抛出这个证据并不能给唐子安定罪。对方这样做，一定有什么目的。

敌人在暗，他们在明，小乖是唯一的突破口，不管怎样，她得跟上去看看。而且小乖的模样不像是受命引她过去，倒像是自己刚刚那句问话误打误撞切中了某个点。

毕竟正常来想，她现在一定对小乖产生了怀疑，不会轻易相信它。若是如此，自己此举说不定能打对方一个措手不及。

当然，虽然这样想，她也不是莽撞之人。出了警局，她拐进一旁的商场，迅速给自己做了个乔装，而后不近不远地跟在小乖身后，不时看看手机，营造出一种跟着导航走的假象。

小乖当真聪明，很快便明白了莫昭昭的意思，不再转身跑到她身边催促，只在前面不紧不慢地走着。

看着这样乖巧懂事的小乖，莫昭昭更是恨死了那个利用小乖的人，藏头露尾利用一只狗，简直是人渣。

小乖带着她走到那座危楼前，黑夜中缺门少窗的危楼看起来像一只大张着嘴的大型食人怪。莫昭昭手心渗出汗，她蹑手蹑脚地靠近，然后敏锐地听见危楼中传出一丝声音。

莫昭昭眼神一凛，将伸缩警棍握在手里。她无声但坚定地走进去时，心想幸好自己从小被关小黑屋，一点也不怕黑真是太好了。

没有窗户，屋顶也破了许多的危楼这时候反而显出好来，微弱的月光从无数的窟窿中钻进来，竟也勉强能将一楼照个七七八八。

莫昭昭贴在一根柱子后静静听了片刻，确定整栋危楼中唯一的微弱声音来源是唐子安出事的那个地下室。

随意在衣摆上擦掉手心的汗，她屏住呼吸，缓缓移动过去。

通往地下室的入口被一块破旧木板随意遮住，木板的缝隙中似乎有极微弱的光透出来。她不敢移动木板，不得已只能趴下身子，将眼睛凑到缝隙上往里看。

微弱的烛光中，她看到半张侧脸，但已经足够了，这张脸的照片她看过无数次，早已深深刻在了脑海里。

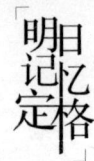

是邵捷，他没死，还活得好好的！

那唐子安那个案子……她心神激荡，刚要直起身，突然心头警铃大作。

不，不对！她一路进来没有听见木板移动的声音，这说明邵捷一直在地下室。可是她最早听见声音是在危楼外，地下室的声音不可能传那么远。

电光石火间，她想清楚了一切，手脚比大脑更快地跳起来，然而还是晚了，只听背后传来一声令人毛骨悚然的轻笑，一方帕子捂住她的口鼻。

这种情况下她倒也没太慌张，只要对方不是一上来就杀死她，那就一切好说。她来之前就做好了以身为饵的准备，与其坐以待毙，不如主动出击。无论对方是想从自己口中得到什么信息，还是想以自己为人质威胁唐子安，都能让他们得知对方的目的，好过现在的抓瞎。

本想假装晕倒的莫昭昭没想到这迷药竟强过哥罗芳（注：哥罗芳学名氯仿，无色透明液体，有特殊气味。有中等毒性，可经消化道、呼吸道、皮肤接触进入机体。其主要急性毒性效果是对中枢神经系统有麻醉作用。急性中毒表现为头痛、头晕、乏力。）太多，她明明只吸了一口便屏住呼吸，却还是连挣扎都来不及便感到一阵晕眩。失去意识前，脑子里闪过一个念头——这味道似乎有一丝熟悉。

## 2. 我也陷害

莫昭昭再次醒来时，发现自己果然被绑了手脚，堵了嘴，成了个一点创意都没有的人质。

邵捷站在她面前冷冷地看着她，莫昭昭微微出神，这张脸确实是邵捷，给她的感觉却和档案照片上那人迥异。

她似乎见过另外一张更像这人的照片。邵捷，男性，25岁，峰县人……她闭上眼，在脑中输入一个个关键词，穿梭在自己庞大的记忆宫殿中翻翻找找。

很快，一张照片被调出来，照片上是个少年，虽然面容比邵捷稚嫩许多，但那眼神气质和眼前这个邵捷几乎一模一样。

她睁开眼，平静地看向邵捷，原来他是这样的身份，如此一切都串联起来。

六年前在那所矫正学校，为了出逃，肖恬鲤曾黑进学校的电脑。当时她们两人还比较天真，只当那是个非正规的矫正学校，想着逃出魔窟后要去报警，揭露这个学校的黑暗，救出其他学生。

于是他们找到了历届学员的名单，苦于每天要查房，没法将名单偷出来，便仗着自己脑子好使，将这些档案都装进了脑子里。

一度模糊的记忆在这一刻重新变得清晰。

邵捷这个名字在名单上，毕业时16岁。

她想起王少伯在山道上说的话，他说会被他们选中的都是天生坏种，而通过考核活下来的，已经不是人了，而是他们的伥鬼。

原来是这个意思，看着眼前的邵捷，她什么都明白了。

那股势力打着矫正学校的幌子，从中挑选他们认为的天生犯罪者。趁着这些少男少女性格未定之时，加以适当引导，将人彻底引上歪路。

杀掉"羊"的毕业考试其实就像是古代的投名状。他们手中捏着这些孩子杀人的证据，然后将这些被改造过的孩子重新放回社会。

虽然她不知道，但肯定是有继续控制和洗脑的方法。看邵捷就知道

了。他16岁完成考核毕业，然后完全像个正常人一样活着，甚至考上警校当了警察，直到25岁时听从幕后人的指令，毫不犹豫地对自己相交多年的老友痛下杀手。

莫昭昭不寒而栗，太可怕了。这样看似松散实则无比精密的组织结构太可怕了。谁都有可能是他们的人。

邵捷饶有兴趣地打量着莫昭昭，双眸发亮，像是发现了什么新奇的玩物一般。

不得不说，莫昭昭的长相太具有欺骗性，她安静坐着的时候看起来就是家长最爱的那种乖乖女，但同时又会让人觉得柔弱需要保护。可眼前这个明显不是，发现自己被绑来，她不吵不闹，平静得诡异。

"别……"邵捷顿了一下，他本来想说别害怕，但眼前这人眼中根本没有惧意。撕下她嘴上的封条，邵捷也懒得绕弯了，"听说莫警官是唐子安的贴身助理，我想在他家中放一把火，让他死于意外失火应该不难吧？"

莫昭昭心里"咯噔"一下，不知放火是巧合还是意有所指。不过她面上不显，直直盯着邵捷："是不难，但你打算怎么控制我？"

和聪明人说话是省事，但对方如果太聪明，那难免叫人憋屈。邵捷摊开手掌，将一枚材质特别的丸子递到莫昭昭面前："把这个吃了。"

莫昭昭没有做无谓的反抗，张嘴硬吞了那粒比玻璃弹珠还大一圈的丸子。

"你问都不问就这么吃了？"

莫昭昭噎得满脸通红，嘴上却不饶人："问了能不吃？"

她的态度激发了邵捷骨子里的恶劣，他晃了晃手里的遥控器，充满恶意道："是个微型炸弹哦，只要我摁下按钮，你肚子上就会被开一个洞，会死得非常难看。"

莫昭昭懒得理会他的恐吓，打断道："我替你杀人放火，你怎么保证我的生命安全？别和我说我没得选，你现在炸了我，我因公殉职还能混个好名头，总比被你当刀使，你得偿所愿，我遗臭万年来得好。"

邵捷终于忍不住笑出声："我总觉得你和我应该是同类，你有这种感觉吗？"

莫昭昭轻轻舒了口气，很好，她终于确认了一件事：邵捷并不认识她。

想来也是，十四岁的她在那对夫妇的压榨下，骨瘦如柴，又因从未感受过温暖，导致整个人阴气森森，像只厉鬼，实在和如今的自己没有半点相似之处。她和肖恬鲤逃走之前特地销毁了她们那一届所有学员的档案。而在此之前她从未拍过照片。邵捷应当无从得知她的信息。

那么，王少伯是如何得知她的身份的？

她眉头微蹙，殊不知这般神态落在邵捷眼中，便以为她被自己说动了。

因此就着她之前的担忧，主动摆出一副好脾气的模样："那你说想要怎样？"

"你能给我多少钱？"

邵捷没反应过来。

莫昭昭毫无人质的自觉，冷笑一声反问："买凶杀人也是要给钱的吧？你这是想让我给你做白工？绑我之前你没有做调查吗？我这人最爱的就是钱，钱给到位了什么都好说。"

身为绑匪的邵捷感觉事情的走向有些跑偏，愣了一会儿才找回自己的声音："你不是担心我过河拆桥吗？"

"担心啊，但你我之间毫无信任，这是个无解的问题。"口中说着担心，莫昭昭脸上却一点怕死的情绪都没有，语气和讨论今晚吃什么一样毫无起伏，"我是警校最优秀的学生，这案子保证能给你做得天衣无缝。至少不会像你当年，杀个人都杀不死。所以至少五十万，你先付三十万定金，事后付剩下二十万。当然，消除证据这种事，收到尾款我才会做。"

邵捷盯着她看了半晌，笑得很是神经质。

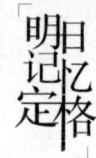

半个小时后,一辆最普通不过的黑色汽车停在警局旁的小巷子里。戴着眼罩的莫昭昭从车上下来,听见车重新开走的声音,这才摘下眼罩。

这也是莫昭昭的提议。她说要减少自己被灭口的概率,因此建议他给自己蒙上眼,直接送自己去警局附近,她得去接唐子安。

抬腕看了眼时间,她离开警局时7点刚过,现在10点差几分,发生了这么多事,竟是三小时都不到。

在黑暗中想了想,莫昭昭转出小巷,走进警局对面的便利店,买了些热腾腾的夜宵,提着进了警局。

一路走到审讯室门口,没看见小乖,她倒也不觉得意外。

刚刚对着邵捷,她只字未提小乖,一开始是直觉小乖背后那人和邵捷无关。后来,在和邵捷的交谈试探中,她确认了这点。包括引她入危楼并捂晕她的那个人,邵捷也一无所知。

晕倒前,她觉得帕子上的迷药气味熟悉。清醒过来时,因为手脚被绑住的同样处境,她瞬间想起来了。

这分明就是让她在山顶别墅里中招的那种迷药。

只不过,当时楚慈他们为了悄无声息地放倒她和杜茂,利用了火锅的气味做遮掩,因此她一时间没想起来。

相同的迷药实在叫她不能不多想。

其实,在写结案报告时,她就想过这个问题。楚慈他们针对杜茂策划的那场戏,连她都骗了,她并不觉得那是楚慈他们能够策划出来的。

后来,她发现王少伯此人不简单,一度怀疑这是王少伯的手笔。可是她还没来得及问,王少伯便死了。

使用同款迷药的这个人究竟和王少伯是什么关系?他这么做的目的又是什么呢?

她感觉自己像一颗站在错综复杂棋盘上的棋子,看着自己周围险象环生,便一度以为自己看破了全局,但其实自己看见的仅仅是棋盘的一角。

被一声"小师妹"拉回思绪,她熟练地挂起讨喜的笑容,将夜宵分给还在加班的师兄师姐们,得到一串"小师妹真好"的夸赞。

吃夜宵这种大事当然不能漏了吕梁这个队长,看小何警官如她所愿去审讯室将吕梁叫了出来,莫昭昭走过去沉声道:"吕队,我们聊聊。"

吕梁刚咬了颗鱼丸在嘴里,被她正容亢色的模样惊得差点噎住。梗着脖子吞下去后,将人带进了办公室。

莫昭昭如竹筒倒豆子一般,将今晚发生的事给说了。

当然,她稍稍做了一些加工,隐去自己敲了邵捷一笔钱的部分,也没说她是跟着小乖过去的。

在她讲述的版本里,是她在危楼附近安排的线人给她递了信息说看见有人鬼鬼祟祟溜进了危楼。她害怕对方跑掉,来不及说一声便匆匆赶过去,没想到,那个偷偷溜进危楼的人竟然是大家都以为死了的邵捷。

听她说出邵捷没死,吕梁惊得差点咬到自己的舌头。他和邵捷的感情,不比和唐子安弱,乍听好兄弟还活着,心中一阵狂喜。然而这喜悦之情只维持了一瞬,便被兜头泼了一盆凉水,他猛然反应过来,邵捷还活着意味着什么。

喜悦退去,一阵怒火涌上心头。

对他而言,唐子安和邵捷都是他生死与共的好兄弟,感情上他不希望他们中的任何一个有嫌疑。

刚刚在审讯室,唐子安告诉他,邵捷一直有献血的习惯。所以,现场虽然有那么多血,但邵捷说不定还活着。他还说,也许是有人偷到了邵捷的血,故意营造出邵捷死亡的假象,实则掳走了邵捷。

是的,到了这种时候,唐子安还想着替邵捷找理由,不愿相信当日之事是邵捷所为。他也和唐子安一样的心情,明知这个解释很牵强,还是自欺欺人地选择了相信。

可是，谎言被戳破得这么快。莫昭昭看到了活生生的邵捷。他活得好好的，活得很自由，却没有来找他们，真相如何，还用问吗？

时隔半年多突然出现的颅骨显然是一场劣质的栽赃陷害，越发显得方才努力为邵捷找理由的他和唐子安像两个傻子。

吕梁气得浑身发抖，双目赤红。脑海中浮现出头破血流、奄奄一息的唐子安被人从危楼中抬出来的画面。

警队谁不说唐队和邵副队是生死搭档，搭档这么多年，过命的交情，邵捷他……他怎么下得去手？

### 3. 莫昭昭的计划

莫昭昭体贴地给了吕梁一个缓冲的时间，等他回过神来才接着往下讲。

出于某种只可意会不可言传的直觉，她隐去了自己被另外的人迷晕这段。称自己看到邵捷太惊慌，不小心弄出了动静，惊动了邵捷。她身手不如邵捷，因此失手被擒。

邵捷的身手和唐子安不相上下，吕梁对此自然毫不怀疑。

"他让我吞下了一枚可远程遥控的微型炸弹，以此要挟我杀了大神。他给了我一天时间，若我不动手，他会按下遥控器。"

"炸弹！你说他让你吞了炸弹？"吕梁惊得跳起来。

他一时间不知该感慨莫昭昭吞了炸弹还如此淡定，还是该痛心他记忆中那个温和谦逊的邵副队竟变成了如此丧心病狂的一个人。

"看你的样子，是有什么想法了吗？"吕梁很快冷静下来。

莫昭昭点了点头："自然不能真按他的要求做，不然等着我的只有被灭口。事到如今，只能以我为饵，设一个请君入瓮的局。唯有抓住他，我才有获救的可能。"

"你想怎么做？"

莫昭昭简单说了一下自己的计划。她会按照邵捷的要求放火，但唐子安要处于一种生死不知进医院抢救的状态。

这么重要的事情，邵捷自然不会完全信任她，一定会去亲自确认。这是唯一能够抓住他的机会。

吕梁眉头皱起："不行，你这样做会很危险。"

"我怎样都会很危险。"莫昭昭不以为意地摆摆手，"别劝我去做手术取出来。大神应该都和你说了，他和他师父一直在追查那股犯罪势力。我能肯定，王少伯的死和他们有关，邵捷也是他们中的一员。这么短的时间，我们没法对人员进行排查。我可不想自己躺在手术台上的时候，邵捷得到消息按下按钮，平白搭上无辜的医护人员的性命。"

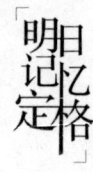

吕梁感觉有些不舒服。这话说得，好像她自己不无辜一般。明明随时会有性命之忧的是她，可她从头到尾考虑的都是别人。

莫昭昭对他的想法一无所知，自顾自说下去："吕队，我选择单独跟你说这件事，一是担心人多口杂，走漏了消息；二是希望你能帮我瞒着大神。你知道的，他如今病情并不稳定，最受不得刺激。他那个人啊，最容易自责，肯定会觉得此事因他而起，实在不必。"

吕梁自然也明白，此事最好瞒住唐子安，可对上莫昭昭那浑不在意的目光，却觉得心头一刺。不待他想好怎么开口，莫昭昭先一步看见他的担忧，反对他露出一抹"我没关系"的安抚笑容。

"你……你这满口都是别人，就不为自己考虑考虑吗？"

莫昭昭笑容未变："吕队，我没有父母，没有朋友，孑然一身，了无牵挂。搁战争年代，是最适合进敢死队的。我若出事，也就你们这些知情者会难过一下。"

吕梁被她偷换概念的本事气笑了："我不是说谁会难过，我说的是你自己。你才二十岁，正是最好的年纪，你就这么不拿自己的命当回事吗？"

这次莫昭昭垂下眼睑，沉默片刻，才低低笑道："我啊，一直以为自己特别怕死。但真到了这种时候，我才发现其实也没那么怕。"

说这话时，她想起了很多事。

十四岁之前，她不知道温暖和爱为何物。他们都叫她扫把星、害人精。

十四岁之后，她和肖恬鲤相依为命，视对方为全世界。

十八岁，肖恬鲤坠落，她的世界轰然倒塌。

当时她是想死的。如果人生就是不断受伤，不断失去，不断痛苦，那为什么还要努力活着？

而就在她坐在末日的废墟想着怎么死的时候，唐子安带着一身光明走到她身边，告诉她，人类是顽强的生物，世界塌了还可以重建。

她这一生执着的东西不多，十四岁之前没有，十四岁之后是活着，但她死在了十八岁。

或许在唐子安心中,他给予的不过是短短几个小时的陪伴、几句安慰之言,但对莫昭昭来说,他是她的救命恩人,是她努力重建出的世界的支柱。

如今她二十岁,邵捷和他背后的势力威胁到了唐子安的性命。

当她意识到唐子安的出事和那股势力有关,想到他会和肖恬鲤遇到一样的危险,她便感觉自己的世界开始崩塌。她并不坚强,没有办法再直面一次失去。

所以,她必须赌一把。棋盘虽大,但正如找到一个支点便能撬动地球,只要能揪住棋盘的一个角,不需要太大的力气也能掀翻整个棋盘。

深吸一口气,她收回思绪,看向吕梁,故作帅气地挑了一下额前的碎发:"何况,怕死当什么警察呢,对吧?"

"你……唉……"吕梁气结,说不上来自己气什么,只是看她这样就觉得心里堵得慌。

莫昭昭油盐不进,吕梁实在无法,只能按照她的计划,装作一副头痛无奈的模样走进审讯室,示意唐子安今天就到此为止,可以回去了。

"我可真是给你找了个好助手,死缠烂打的功夫一流,再三和我保证会看好你。然后又开始打同情牌,说你身体怎么怎么不好,一定要保证休息。"

记忆中没有她胡搅蛮缠的模样,唐子安却觉得自己似乎能够想象得出来,她一定狡黠得像个小狐狸。

吕梁一抬眼就看见唐子安笑得满面春风,想起之前自己胡思乱想的猜测,顿时一惊:"你……你们俩在一起了?"

唐子安本能地握住右臂,隔着衣袖抚过那行早已烂熟于心的字,笑容中多了几分憧憬:"暂时还没有。"

吕梁咬到了舌头。

暂时!那就是说未来会!居然是真的!

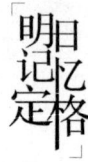

"怎么了?"唐子安走了两步,看他一脸呆滞地站在原地。

吕梁摇了摇头:"没什么,就是觉得挺稀罕。你居然也会喜欢上什么人,还是在这种情况下。"

唐子安脚步顿了一下,不置可否地拉开了审讯室的大门。

门外,莫昭昭笑着迎向他:"走吧,回家。"

唐子安伸手在她头上揉了一下:"嗯,回家。"

看着两人自然而亲昵的相处方式,吕梁想到莫昭昭接下来要做的事,心不由得揪了一下。

每天记忆清零都能爱上,这得是多深的感情?如果莫昭昭真的出事,唐队他……

吕梁烦躁地抓了抓头发,这叫什么事啊?思来想去,最后也只能在心里将所有骂人的话在邵捷身上用了个遍。

对于吕梁的担忧,莫昭昭自然早就考虑到了。

之前因为唐子安不记得而难过,如今却只庆幸他能够轻易忘记。若他记得,自己怕是无法下定决心这么做,因为一想到他会因此难过,她就什么都做不下去了。

幸好……幸好他会忘记,只需要好好睡一觉,他便什么都会忘记,那些克制的、温馨的、甜蜜的,乃至深情的过往,都会烟消云散,留不下半点痕迹。

他不会再记得有一个叫莫昭昭的人强势闯进他的生命,也不会记得他们曾经差一点就能够拥有彼此。

MINGRI JIYI DINGGE

第 十 章

最终战役

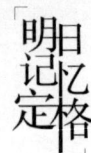

## 1. 亲手抹杀

床上，唐子安睡得很安稳，没有一点要醒来的迹象。他当然不会想到，莫昭昭递给他的那杯牛奶加了安眠药。

莫昭昭推开门，招呼去而复返的吕梁将这间屋子里的所有东西都搬出去。

吕梁认命地充当苦力，搬完后还是忍不住多了句嘴："你和唐队……你若出事，唐队会伤心的。"

"不会，我不会让他伤心。"莫昭昭对他笑笑，伸手去拿桌上那本承载了唐子安所有记忆的黑色活页本。

吕梁莫名觉得心被扎了一刀："小莫，你别这么笑，你笑得我有点想哭。"

莫昭昭从善如流地敛了笑："吕队，给我两个小时，让我处理一点事情好吗？两小时后刚好凌晨三点，正是人们睡得最熟的时候。现在这个时候动手也能说得过去。"

送走唉声叹气的吕梁，莫昭昭颤抖着手打开唐子安那本充当记忆的活页本，翻到属于自己的部分。

自她第一次在审讯室看过之后，记录又多了很多。

她没去念表演专业可惜了，真是随时会给自己加戏，不过挺可爱的。

她说一眼就能看出我睡没睡，那股聪明劲儿真是招人喜欢。

她为什么会这么关心我呢？

不知道发生了什么，她今天好像有点怕我。这感觉让我很不舒服。她应该总是开心的，我不想她不开心。

真是不甘心，她陷入困境的时候我什么忙都帮不上，如果能恢复记忆就好了。

……

莫昭昭嘴角翘起，原来没有记忆的唐子安就是这样一点点地将她放进心里的。原来在唐子安心里，自己这么好。

很快她看到了最后一句——我想我喜欢上她了，即使没有记忆。

指尖轻轻摩挲过这句话，莫昭昭想要笑一笑，可泪水早已盈满眼眶，她只是轻轻弯了一下眼角，一大滴泪便重重落下，落到那句话上，晕开了字迹。她慌忙去擦，却越擦越模糊。

抬手绝望地捂住脸，她咬紧牙关，肩膀颤抖，哭得无声无息。

小叶一家、肖恬鲤还有王少伯的面孔在她脑海中跑马灯一样闪过，鲜血和死亡晃得她胃一抽一抽地疼。

强迫自己停下来，她抹掉脸上冰冷的泪，"啪"的一声打开活页的开关，将关于自己的那几张活页抽出。

而后拿起笔，一笔一画重新开始写。若是吕梁在场，一定会震惊，她的笔迹和唐子安一模一样。

这个秘密连唐子安都不知道。初遇之后，她便开始搜集关于唐子安的所有信息。入他的母校，念他念的专业，读他发表的论文，对他参与破获的每个案子如数家珍，更是临摹出一手可以乱真的字。

这样的举动太过偏执，确实不太像普通人所为。她不敢说，害怕唐子安知道后会觉得她恶心。没想到，因为偏执而练出来的字，却要用在放手上，真是讽刺。

她是局里找来监视我的，听说敲了吕梁一大笔钱。

她非常会演戏，装可怜骗取同情搬进小楼，然后便死赖着不走了。

她非常不专业，破案根本帮不上忙。

搬进来之后就当自己是主人，在院子里养了一只狗，搞得家里乱糟糟的。

她心术不正，似乎有暴力犯罪倾向。自她来之后，我这里不断出事，可能与她有关。

……

莫昭昭下笔很快，构陷起自己毫不留情，眨眼间便列出了十宗罪。

若是别人看见，定会觉得她不在意，但只有她自己知道，写这么快

不是不在意,而是怕慢了自己会写不下去。

她花了两年时间,沿着唐子安走过的生命轨迹,一点点向他靠近。还是靠着机缘巧合才终于走进他的世界。

而如今,她需要花两个小时,亲手将自己的痕迹全部抹去。不仅抹去,还要抹黑。

这可真是够残忍的。但更悲哀的是这样的残忍不是别人给的,而是她自己。她必须亲手将自己推进深渊,亲自执刀,一刀一刀对自己处以凌迟之刑。

搁下笔,将伪造的记录放回活页本中。这样简单的一个动作却像是耗尽了她全部的力气。

她仰头靠在椅背上,不让眼泪落下,放在膝盖上的手指死死攥着裤子,指节因为用力而发白。可是她连好好伤心一场的机会都没有,她没有时间,她还有很多事情要做。

略缓了片刻,她撑着站起来,走到床边,缓缓握住唐子安的右手,宽大的睡衣衣袖落下,露出自己用记号笔写在他手臂上的那行字。

**如果我能恢复记忆,我就是莫昭昭的男朋友。**

虽然淡了一点,但每个字都很清晰。一如当时的情景,历历在目。幸福曾经离她那么近,近得仿佛一伸手就能碰到,却原来终究是镜花水月,一戳就破。

这世上,最开心的是失而复得,最痛苦的是得到过却又失去。

从床头柜中翻出专卸记号笔的湿巾,她咬着唇,动作很轻却格外坚定地将那行字一点点擦去,直到句末那个小小的爱心也消失。

那双灵动如黑宝石,总有星光在其中闪烁的眼眸,忽然就失去了光彩,黯淡成一口望不到底的深井。

莫昭昭颤抖着手,温柔地勾勒过唐子安的眉眼。

两年的时间,她远远仰望,默默倾心,这便是她能努力达到的最近的距离了吧?虔诚地亲了亲唐子安微凉的指尖,她霍然起身,拿起桌上被她篡改过的黑色活页本走出去。

吕梁焦虑又担忧地在客厅沙发上等，听见开门声，连忙转身看去。

"好了，可以准备制造着火的假象了。消防车和救护车那边你都打好招呼了吧？"莫昭昭走到他面前，将活页本递给他。她看起来没什么不好，除了脸色苍白，双眼红肿，声音有些沙哑。

吕梁转开眼睛，他一个大老爷们，第一次生出心都要碎了这种矫情的情绪。

"这是大神第一次不在家里醒来，病房墙上麻烦贴个显眼的指示，指示他看笔记本。笔记本里关于我的部分，你可以提前看一下，记得不要穿帮，在大神问起的时候，告诉他我就是这样的人。"

吕梁茫然接过，看了两眼差点把本子摔了。虽然字是唐队的字，但他又不傻，这些内容绝对不可能是唐子安写的。

"这就是你说的不会让他伤心？你要处理的一点事情就是抹黑你自己？"吕梁很想揪住莫昭昭的衣领咆哮，问问她究竟在想什么。

可眼前之人已经很惨了，他看着都揪心。所以吕梁只能在心里把邵捷骂成狗，恨不能即刻将人抓住，暴打一顿。

莫昭昭清了清喑哑的嗓子："吕队，时间差不多了，干正事吧。"

吕梁长叹一声，与她一起走进唐子安的屋子，将熟睡的人通过地下车库运出去，由他亲自送往医院。

莫昭昭目送他们离开，然后开始放火。

院子里，吕梁按照她的吩咐用放火材料围出了一个很大的圈。她找了一堆烂木头堆在中间点燃，很快便造出浓烟滚滚、火光冲天的效果。

与此同时，火警系统发出尖厉的警报声。

做完这些，她回屋打开电脑，熟练地将邵捷打进她账户里的三十万转出来，经过几道周转，最终打进一个医院的缴费账户里。

养母虽然与她没有感情，但金钱上倒不至于亏待她，每个月生活费也有小一万，可她还是缺钱，因为她要付肖恬鲤高昂的治疗费用。

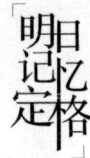

所有人都和她说肖恬鲤醒不过来了,她半点都不信。像她和肖恬鲤这样的人,只要不是当场死亡,就算半截身子入了鬼门关,也要劈开一条路,生生爬出来。

肖恬鲤一定是在努力抗争,她没有放弃,自己怎么能放弃她?

所以,生死之际,她还算计着从邵捷那里为肖恬鲤敲出一笔续命钱。

约莫二十分钟后,消防车和救护车相继赶到,一番折腾后,扑灭大火,从屋子里抢救出两个生死不明的人,送上救护车。

莫昭昭没有和救护车一起走,她留在了被高压水龙头喷得一塌糊涂的房子里,安静地等待邵捷的到来。

她对吕梁说邵捷一定会想办法潜入医院去杀唐子安,其实那是骗人的。

她从一开始就知道邵捷的目标不是唐子安。杀唐子安的方法有很多,为什么邵捷要指定放火?只可能是因为他真正的目标是那摞案宗。

她从容地在墙面上补了一些烟熏火燎的效果,然后在各个角落里点上湿木并辅以干冰。没一会儿,整个屋子便被烟雾充满。

她确信邵捷会上当。

邵捷此人太过自负,感情缺失,他当自己与他是同类,绝想不到她会毫不犹豫地牺牲自己保全另外一人。何况,从他放自己回来到现在不过五个多小时,他不会想到自己能够迅速定下计划,并布置出这么逼真的假象。

想到这里,莫昭昭勾起一点骄傲的笑意。

没办法,谁叫她兼过的职太多,舞美道具什么的,刚好有些涉猎。

一手拿起一摞准备好的卷宗道具,一手捂住口鼻,她迤迤然走进唐子安的卧室,守株待兔。

## 2. 她不是那样的人

吕梁没想到唐子安会提前醒过来,明明药效应该让他睡到早上八点,现在还不到凌晨五点。

他便趁着这个时间,按莫昭昭的吩咐去楼下打印指示条幅,谁想走到门口时,只听见屋里哐当一声。他吓了一跳,冲进去就见唐子安摔在地上。他整个人像是从水里捞出来的一样,头发被冷汗浸透粘在额头上。再加上脸色惨白,呼吸急促,像足了一条离了水濒死的鱼。

吕梁骇得大脑空白,他何曾见过唐队这等狼狈的模样?愣了几秒才慌张无措地冲过去扶起他。

唐子安痛苦地捂着头,一点力气都使不上来。好在还能认出他:"吕梁?我……我还活着?"

他声音沙哑,目中尽是迷茫,突然用力握住吕梁的手:"邵捷!邵捷呢?他怎么样?"

吕梁第一次清晰直观地意识到"记忆每天清零,退到出事那一天"是什么意思。

原来这就是唐队每天要遭受的。每一天从最深的痛苦和绝望中醒来,吕梁狠狠打了个冷战,他不敢想象这半年多的日子,唐子安是怎么熬过来的。他只知道如果换作是他,恐怕已经疯了。

想到这些都是拜邵捷所赐,吕梁双目发红,有些控制不住自己的情绪,只能匆匆拿起床头柜上的笔记本放到唐子安手中。

"我一时半会儿也和你说不清,你先看看这个。"

厚重的黑色皮革本一入手,唐子安感觉自己那颗慌乱无着落的心一下子就安定下来。这本子似乎能带给他安全感。

打开笔记本,看见自己的字迹,他微微一怔。

记忆清零?他揉了揉头,恍惚间觉得这个场景发生过很多次。这种感觉让他接受度良好,静下心来看笔记。随着一页页翻过去,心情也渐渐平复下来。

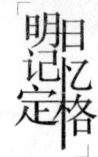

吕梁一直陪在他旁边,直到见他翻到了莫昭昭的部分。他呼吸一下急促起来:"我……我出去给你拿一套干净衣服。"

逃也似的走出病房,吕梁自嘲地笑了一下。莫昭昭能狠下心抹黑自己,他却实在没有办法眼睁睁看着唐子安就此认为莫昭昭是那样恶劣的一个人。

快步去到护士站,领了一套干净的病号服回去,见唐子安已经放下笔记本,他暗自松了一口气。

唐子安脱下湿透的病号服,却鬼使神差般地抬起右臂看了看。

"怎么了?哪里不舒服?"

唐子安困惑地皱起眉:"没什么,就是突然觉得这里应该写着什么。"很奇怪的感觉,他摇摇头,"现在是什么情况,我为什么会在医院?"

吕梁简单说了一遍:"局里同事发现邵捷还活着,并且想要对你不利。于是我们干脆将计就计,假装你的小楼失火,你也生死不明被送进了医院。以此诱骗邵捷自投罗网。"

知道唐子安人肉测谎仪的能耐,吕梁不认为自己能骗过他,但这段说辞是他和莫昭昭商量好的。没有一句假话,只是省略了莫昭昭的部分。而且他被莫昭昭骗了,真的以为邵捷会来医院。

唐子安目光空洞,他刚刚在笔记本里看到了自己的推测,邵捷嫌疑最大,但没有切实证据他绝不愿怀疑邵捷。没想到证据这么快就摆在他面前。

大概是无法产生新记忆的缘故,以往的记忆就记得格外牢固。

他和邵捷是一个宿舍睡上下铺的兄弟,两人兴趣相投,实力相当,从大一开始就是搭档,大学四年,他们一起训练,一起考试,也曾一起翘课,一起宿醉。

后来毕业了,他们又一起进了市局刑警队,理所当然地成了搭档。

刑警是一个危险的职业,第一次遇险是在入职半年多的时候,他们配合隔壁缉毒组抓捕一名毒枭，结果那亡命之徒眼见逃脱无望，干脆抱着同归于尽的心态撞翻了他们的车。当时，他被卡在车里，汽车的油箱破了，随时会爆炸。千钧一发之际，是同样受伤的邵捷拼了命掰开车门，将他从车里拖出来。为此，他手臂肌肉撕裂，养了三个多月才恢复，还在小臂上留下一道很深的疤痕。

后来他们又一起破获不少案子，互相扶持着一次次化险为夷。终于，他成了唐队，邵捷也成了邵副队。

他一直以为，他和邵捷是生死之交，是能够毫不犹豫把后背交托给对方的兄弟。

然而，对方却毫无预兆、不知理由地捅了他一刀。曾经的那些信任、默契、真心都成了笑话，被扔在地上狠狠践踏。

"为什么……为什么会是他呢？"半晌，唐子安才从思绪中抽出心神，声音有些恍惚。证据摆在面前，理智上他觉得自己完全能够相信和接受这个残酷的事实；可感情上总有一种不真实的感觉，强烈地想要亲自问邵捷一句为什么。他怎么就能下得了手呢？

吕梁也知道唐子安没有记忆，定然比他更难以接受，他作为好友自当劝慰两句。

可是，一想到生死未定的莫昭昭，再看唐子安全然忘了莫昭昭，反为了邵捷难过，他就根本开不了安慰的口，只觉得心头的火一拱一拱的，越发觉得邵捷真是个畜生。

"有什么为什么，有什么理由能让他对你下死手？他就是个丧心病狂的垃圾！"

吕梁这暴躁的模样看得唐子安一愣："你今天火气怎么这么大？"

"我……"吕梁噎了一下，没法说自己在给莫昭昭抱不平，一时语塞，感觉憋屈得要死。

正想着怎么转移话题时，手机突然响了一下，点开发现是警局内部的案件推送系统，推送人是……莫昭昭？

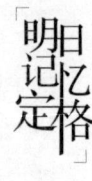

看到这名字,吕梁心中一慌,本能地去看唐子安。却不想这怪异的举动反而引起唐子安的注意,他的目光往吕梁的屏幕上一扫,便看见了莫昭昭的名字。

"她是局里找来监视我的,据说敲了吕梁一大笔钱……"

脑中闪过笔记本上的一条记录,唐子安自动将吕梁此刻的行为理解为心虚——毕竟莫昭昭来监视他,吕梁是知情的。

不想和吕梁因此产生隔阂,唐子安主动道:"我知道她是局里派来监视我的,你也是履行职责,毕竟当时我嫌疑未清,我理解。"

面前的人面对这个名字如此冷淡,和昨晚在审讯室笑得眉眼温柔的唐子安判若两人。吕梁有一种如鲠在喉之感,他听见自己心底有个声音在叫嚣:"你知道什么?你什么都不知道!"

可是,他什么也不能说。

"你不看吗?还是需要我回避一下?"唐子安指指手机。

吕梁深吸一口气,压下心底的情绪,对于莫昭昭这个时候使用内部推送系统有点不太好的预感。刚要点开,守在门外的小何警官激动地推开门:"吕队,你看推送了吗?视频里这人是不是邵副队?"

和他一起守门的另一名警员迟疑着道:"可是邵副队不是已经死了吗?只是长得像吧?话说这到底是个什么直播?"

听到邵捷的名字,唐子安心头一震。

吕梁压下心头那阵不好的预感,连忙点开。

视频中出现的是唐子安的小楼,邵捷捂着鼻子走进浓烟弥漫的客厅,他看起来非常小心谨慎,一边警惕着四周的变化,一边轻手轻脚地向唐子安的卧室走。

吕梁气得脑仁疼,事到如今他还能不明白吗?他是被莫昭昭这个小丫头给骗了!什么邵捷会来医院,全是假话。她根本就知道邵捷会去小楼,不然怎么解释这个直播?

好,真是好得很,她可真是不怕死啊!究竟要怎样爱一个人,才能毅然决然把所有危险都留给自己？

唐子安眼睛一眨不眨地盯着视频上那个熟悉又陌生的人，耳听为虚，眼见为实，即使他已经知道邵捷没死，可亲眼看见他活生生地出现在屏幕上，还是叫他心中剧震。

受过重创的脑袋又开始隐隐作痛，他眼前发黑，心悸气喘，身上瞬间再次渗出冷汗。他口中发苦，伤害来自敌人的话，再重，伤的也不过是躯体，可被身边最亲近之人背后捅刀，却令人万念俱灰。

伴着剧烈的疼痛，唐子安脑中竟然冒出来一点零星的新记忆，却是出事后那段最最痛苦的记忆——

出事之后，因为记忆混乱，他很长一段时间陷在邵捷有可能是被他误杀的痛苦之中。他无数次问自己，为什么死的是邵捷而不是他呢？为什么独独是他活着？被这种情绪支配着，他心底生出一个可怕的念头——赔上自己这条命，一了百了。

幸好，这个阴暗的念头刚刚破土萌芽，便被当时负责他心理方面治疗的于洽医生及时发现了。

他的情况属于幸存者心理引起的急性应激障碍。生理上表现为失眠、噩梦、头痛、肌肉抽搐等；情绪上表现为痛苦、恐惧、忧郁、焦虑，严重的话会精神崩溃，自残、自杀。

于洽感到无比棘手，唐子安特殊的记忆状况大幅度提升了心理治疗的难度。他没有办法像其他病人一样通过时间来抚平创伤，淡忘噩梦。

担心他崩溃自杀的于洽无奈之下建议他给自己找一个无论如何都必须坚持活下去的理由。唐子安最终找到的理由是邵捷，他想他不能让最好的兄弟连死都死得不明不白，他得查明当年的真相，找到邵捷的尸体，让他入土为安。

靠着这个信念，他在精神一次次濒临崩溃时硬是咬牙挺了过来。

可如今，血淋淋的真相摊开在面前，真是说不出的讽刺。支撑他活下来的信念原来从头到尾就是个笑话。

太过强烈的情感山呼海啸一样袭来,唐子安心中惶然,他的精神问题只是被控制住,并非痊愈,随时会复发。如今他清楚地感觉心底那股被药物压制住的负面情绪正在破土而出。

心悸、气喘、肌肉抽搐,他做好了迎接这份痛苦的准备,不想心底却又生出一股暖融融的光,充满信任、温柔和爱意,轻松驱散了那即将破土的阴暗。

这种舒适的感觉他很熟悉,脑海中的光点拼凑出一个模糊的轮廓,却在他伸出手的瞬间散了。

唐子安的心猛地一坠。他好像忘记了什么很重要的东西,他用力攥着手,却怎么也想不起来。

吕梁被唐子安突然苍白如纸的脸色吓坏了,连忙按铃呼叫医生,却没想到医生还没来,他自己又慢慢平息下来。

"现在是什么情况?你们是打算诱捕他吗?"一只拳头抵在心口,唐子安黑沉的眼眸盯着画面里的邵捷。

吕梁察觉到他身上的气势突然变了,平静之下压着怒气。联想到他方才的异样,吕梁眼皮一跳,猜测他大概是想起了什么,不过唐子安现在的脸色难看得颇有黑云压顶的可怖感,让他打消了开口询问的念头。

潜入唐子安小楼的邵捷并不知道自己的直播被全警局推送了。他看着被烧毁的房子,放心了几分。

不过,他在进门前还是谨慎地举着枪,一脚踹开了门。门后漆黑一片,悄无声息,莫昭昭像一只蛰伏在黑暗中的狼,连呼吸都没有漏出一分。

直到邵捷一脚踏进屋子,按亮灯的瞬间,她才猛然动了。邵捷反应也算快,当即便对着声音的方向开出一枪,却不想莫昭昭根本没打算跟他打,而是隔着老远兜头浇了他一桶水,一击即走。

邵捷按在开关上的手还没来得及收回去,一股电流猛然蹿过体内,电得他浑身一麻,差点儿跪倒在地。

莫昭昭活学活用,把别墅中开关面板漏电那招用在了这里。本以为能趁机夺了他的枪，可看到他的实际情况时，她才猛然想起来，邵捷也是矫正学校出来的，想是没少受电击，这种程度的电流对他竟不顶用。自己失策了。

好在她也没将希望全寄托在这上面，只迟疑了一秒不到便就地一滚，闪到一个油桶后面。

灯光大亮，邵捷从酥麻中缓过来，看见是她，反倒松了口气。他指着她的枪口都变得有些吊儿郎当起来："你这是何意，莫不是忘了自己的小命还捏在我手里吧？"

莫昭昭看着他："我自然记得，你要我做的事我做了，现在把遥控器给我，不然我们一起死。"

吕梁那边急匆匆地调动人员赶过去，这小丫头可真够能耐的。生怕邵捷不去，生生编出鬼话，让他们撤掉了小楼外面所有的保护警力，全部来医院保护唐子安。

看着直播的唐子安突然双眸一眯，死死盯着屏幕："这人……是谁？"

吕梁注意到他的反应，心中一喜，试探道："是你的助理，莫昭昭。你还记得吗？"

"莫昭昭？"脑中闪过自己笔记本中关于莫昭昭的记载，唐子安皱起眉头，没再说话。

吕梁看得心一紧，打算从他手中抽回手机，却发现他握得格外用力。

唐子安死死盯着画面中的女孩，难得地生出一丝怀疑："她是……莫昭昭？"

明明是一张陌生的脸，明明视频中的女孩凶悍得像只亮出爪牙的豹子，他却莫名觉得她应该是个温暖可爱的人？怎么也无法将这个人和自己笔记本里记的那个惹人厌烦的"莫昭昭"对应起来。

翻开笔记本又看了一遍，确实是他的字迹，连收笔的一些小习惯都一模一样，一般人模仿不来。他也觉得自己这想法可笑，谁会费力篡改

他笔记本上的记录呢？直接丢掉岂不更好？

"我是不是对她有偏见？"失落地放下笔记本，唐子安怔怔地问。见吕梁神色古怪，他解释道，"她在我的记录里很不堪，但我感觉她……不像。她到底是怎样的人？"

按照和莫昭昭商量好的，吕梁此刻应该顺着说一句，她就是那样不堪恶劣的人。可这么简单的一句话却重逾千斤，最终说出口的成了一句："我也不太清楚，她和你相处最多，你认为是怎样的那就是怎样的。"

说出这句，吕梁觉得心里松快多了。去他的约定，莫昭昭骗他在先，约定已经无效了。

"你是要赶过去吗？我和你一起去。"见吕梁要出门，唐子安连忙跟上。

他也不知自己是怎么了，可是心底有个声音对他说，一定要过去，不然会后悔。

吕梁是知道他和莫昭昭之间的感情的，不让唐子安跟过去，于情于理都不应该。何况，现在这个时间，唐子安明明还不到清醒的时候，可他偏偏醒了，偏偏看见了这个视频，或许这就是命运的安排。他一个凡人，当然不能对抗命运。

得到允许，唐子安随手披了件外套，抓起床头柜上的手机和笔记本，急匆匆上了警车。

视频中，莫昭昭和邵捷正在谈判。

莫昭昭拿油罐挡在身前："你开枪或者按下遥控器，我们都会同归于尽。"

邵捷露出一个看傻子的眼神："我可以离开这里再按遥控。"

"可以，但你想要毁掉的东西会在警局人手一份。"

邵捷的神色变换了一下，没接她的话，原本打算离开的脚步却顿住了。

"为什么要我放火？真的是为了杀唐子安？我想不是吧，你是为了烧毁这间屋子里的某样东西。我想来想去也只能是案宗了。"

邵捷脸色铁青，上次绑人威胁时那种挫败感又出现了："你到底想要怎样？"

"我只想要活命，这要求不高吧？你给我遥控器，我告诉你这间房里的卷宗被我转移到了哪里。"

"遥控器我没有带在身上，你可以和我去拿。"

听他这么说，莫昭昭"扑哧"一声笑出来："邵警官先生怎么连这么拙劣的谎言都说得出来？遥控器不就在你左边的裤兜里吗？"

她看得很清楚，刚刚邵捷在被电到差点摔倒的时候，明显用力将重心往右侧拉了一下。显然是害怕压到左边的什么东西。

邵捷被她不留情面地戳破，脸上红一阵白一阵。

他不想先给出遥控器，莫昭昭也不想先说出案宗地点，两人一时陷入僵持状态。

莫昭昭进入话痨状态，絮絮叨叨地劝他："我只是想要活命而已，你看我支开了所有的警察，这足以表达我的诚意了不是？换你吞颗炸弹在肚子里，你能放心？而且那东西对你很重要吧？重要到你不惜对多年的搭档下手。说起来，唐子安对你这么信任，你要杀他多简单啊，居然没杀死，也太逊了。"

邵捷被她叨叨得脑袋疼："你给我闭嘴！"他大吼完，突然一愣，耳中传来由远及近的警笛声。

邵捷猛然清醒过来，她在拖延时间！

莫昭昭也被这警笛搞得一蒙，差点没躲开邵捷砸过来的水桶。抱着汽油桶，狠狠地摔在地上，莫昭昭痛得吸了口冷气。

任何一个智商在线的警察都不会在这种时候开着警笛过来，除非这人就是为了给邵捷预警——果然有内奸。

念头一闪而过，邵捷又抡起椅子砸了过来，她咬牙在地上滚了一圈，

小腿还是被椅背砸到了,痛得她眼冒金星,怀疑腿骨骨折了。

从直播视频中听见警笛声,吕梁惊得手一抖,直直撞上旁边的绿化带。

看邵捷反应过来开始砸东西,他拉过指挥用的对讲机破口大骂:"哪个二百五开的警笛?你这是去救人还是去杀人啊?"

他也就是发泄一下,知道不会有回应。医院离唐子安家最近,他安排的人不可能比他们先到。难怪莫昭昭小心谨慎得不像话,果然,她担心的"内奸"出现了,在这种关头,给了她致命一击。

邵捷砸完椅子,眼见手边没了可以砸的东西,而警笛声越来越近,他的面容瞬间变得狰狞起来,嗜血地盯着莫昭昭,掏出遥控器按下。

唐子安脑袋"嗡"地一下,身旁的吕梁似乎大声吼了一句脏话,但他好像什么都听不见了。好像有人抽走了他身边的空气,他感到窒息,五脏六腑都裂开了一般疼。

为什么?为什么会这么痛苦?因为视频里的这个劣迹斑斑的人吗?不,一定是哪里出了错。

哆嗦着唇,无声地念出"莫昭昭"三个字,魔法一般,他那颗如堕冰窟的心好像被抚慰了。

"没事,没事!"吕梁激动地抓住他的手摇了几下。唐子安这才神魂归位,重新看向屏幕。

邵捷抱着同归于尽的心态按下了按钮。

但什么也没有发生。

他整个人呆住,不死心地连按了好几下。满脸不可置信。

死里逃生的莫昭昭重重喘着气笑出声:"电路进水、红外屏蔽、网络信号屏蔽、无线遥控屏蔽器,我想总该有一个有用吧?看来是我命大。"

唐子安一眨不眨地看着视频中的人,原来从凛凛寒冬到春暖花开不过是一瞬间的事情。

"她不是那样的人对不对？"半晌，他轻声问吕梁，眼睛却没有从屏幕上挪开。

事到如今，吕梁反而不敢说了。莫昭昭那边的危机根本还没解除。

他要是如实说出，是啊，她不是那样的人，你们互相有意，你没有记忆还能爱上她，她为了你连命都可以不要。

莫昭昭一旦出事，他这不是帮兄弟，而是在要唐子安的命。

第十章 最终战役

### 3. 刻骨铭心，不敢或忘

莫昭昭记得邵捷的资料，这是邵捷所不知道的优势。她很清楚，邵捷并不是那届最优秀的学员，而如果她想，她会是那届，不，是那个学校历届学员中最优秀的那个。

实力存在明显的差距，所以她才会决定赌这一场。纵然九死一生，但到底是有"一线生机"，值得一赌。

邵捷有明显的性格缺陷，他自负傲慢，太容易被激怒了。

果然，被莫昭昭接二连三地戏耍，邵捷俨然彻底被激怒，他似乎忘了自己现在可以掉头就走。

他心里只剩下一个念头，杀了眼前这个人！

于是他遵从内心，扣动扳机。

唐子安忘了自己问吕梁的话，他呼吸停滞，恨不能冲进屏幕去阻止。只听一声枪响，然后黑屏了！

吕梁的手机在这种关键时刻掉链子，它电量不足，自动关机了。

他从昨天收到那个颅骨开始就忙得脚不沾地，哪还记得手机充电的事情？能撑到现在已经不容易了。

唐子安惶然不安，双手颤抖着摸出自己的手机打开，但他没有收到这条推送。

他是莫昭昭的顶头上司，莫昭昭给吕梁、小何他们都发了推送，却没发给他？为什么？

好像答案呼之欲出，唐子安心脏一阵麻痹，他死死扣住手里的手机，看向吕梁。

吕梁根本不敢看他，只能假装自己心无旁骛地开车。不等唐子安开口，他目不斜视道："你抓紧了，我开快点。十分钟，不，五分钟一定到！"

说完，他一踩油门，愣是把警车开出了飞机起飞的架势。

吕梁突然飙车，唐子安手一滑，戳中了手机里的音频播放软件。

软件开始自动播放他上一次听的音频。

一阵呼呼风声后，他听见了莫昭昭的声音："你要是睡不着，我给你念诗吧。"

然后是他自己的声音，带着温柔笑意："好，你念。"

唐子安心头一颤，他最熟悉自己的情绪，他不可能讨厌这个人。

"如果不曾相逢，也许心绪永远不会沉重。如果真的失之交臂，恐怕一生也不得轻松……死怎能不从容不迫，爱又怎能无动于衷……"

唐子安从不知道有人的声音可以这么好听，酒心巧克力一样，又甜又醉人。

而结尾竟是他自己的声音："如果我能够恢复记忆，换我给你念诗好不好？"

突然被塞了一嘴狗粮的吕梁在一旁大气都不敢出，他没想到动了心的唐子安竟然这么甜。

"是昭昭改了我的笔记本，试图篡改我的记忆对吗？"他没有记忆，可他就是觉得这事是莫昭昭做得出来的。他该生气的，可当这个名字从舌尖滑过，心中涌起满满的眷念和心疼。他忽然觉得：算了，生什么气呢？怎么舍得生气呢？

事到如今，吕梁再不敢隐瞒，老老实实把莫昭昭干的好事交代清楚。

唐子安撑住头，脑中闪过无数画面，关于莫昭昭的画面。

她比画着说"我是那只羊驼"的样子。

她哼着歌挥舞着锅铲在厨房做早餐的样子。

她一脸崇拜地说"大神你好棒"的样子。

她擦着湿漉漉的头发从健身房走出来的样子。

还有，她拉过自己的手臂，一笔一画地写下"如果我能恢复记忆，我就是莫昭昭的男朋友"的样子。

明日记忆定格

"原来……这里真的有东西。"唐子安抬起右手，病房中那想不通的怔忡原来是因为这个。

唐子安抬手捂住眼睛，却捂了一手湿润。他的小姑娘那么好，一颦一笑，刻骨铭心，他怎么舍得忘记？

车内无言，吕梁一边开车一边默默祈祷：拜托，莫昭昭可一定要没事啊！

"她是为了我……"静默了好一会儿，唐子安带着浓浓的鼻音开口。

想起了那些片段，他便也了然了莫昭昭心中所想。为什么要用直播的方式在全警局推送？因为要替他洗清嫌疑。她不知道邵捷背后的势力有多庞大，她太害怕证据被销毁了，所以只能让尽可能多的人知道。

他紧握拳头抵住一抽一抽的胃部，忍住心悸引起的干呕，却带来肋骨炸裂般的痛："是我害了她……"

如果不是为了他，莫昭昭那样小心谨慎的人怎么会直播？如果不直播，"内奸"就没有机会通风报信。她也就不会这样险象环生，都是因为他！

另一边。

邵捷那一枪没有打中，因为莫昭昭拖过椅子挡了一下。而这把椅子是邵捷自己砸过去的，这一认知比单纯的没打中更叫他不能接受。

于是他不管不顾，飞快地又开了一枪。子弹擦着莫昭昭脸颊飞过，带起一串血珠，莫昭昭却就地一滚，重新蹿回了油罐后面。

她满不在乎地抹了一把脸上的血："你还真是喜欢冲人脑袋开枪啊，那个颅骨中枪的女性也是你杀的吧？为什么要用唐子安的枪杀她？"

"死人不需要知道太多。"邵捷握枪的手紧了一下，莫昭昭没有放过这个细微的变化，当然脸上不显，依旧笑嘻嘻道："古人云，朝闻道，夕死可矣。就是因为我快要死了，你不得让我死个明白嘛。"

话音落，她突然将油罐对着他抛过去。

紧绷中的邵捷条件反射地开了枪，子弹在半空中打中了油罐，预想中的爆炸却并没有发生。对上莫昭昭嘴角讥诮的弧度，邵捷气得几乎要吐血，他又被这人骗了一次。

邵捷手里那把枪如果是唐子安的，警用手枪六枚子弹。半年多前杀害女孩用了一枚，刚刚进来时用掉一枚，一枚打在椅子上，一枚擦破了她的脸，还有一枚打中了油罐。

至此一共用掉五枚，现在枪里应该还剩最后一枚子弹。

原本的必死之局，被她走到这一步，也算是值了。

她这一生从没有这么疯过，但感觉不坏。

其实之前那些都没用，决定生死的还剩这最后一颗。她一条腿瘸了使不上力，肋骨怕也是摔断了，吸一口气都疼得跟凌迟似的。

而邵捷对最后这一颗子弹一定很珍惜，一定会瞄得很准。

"房间就这么大，没了遮蔽物，你觉得你这副残废的模样能躲开？"邵捷绽开一个猫逗耗子般的笑，枪口稳稳指住她，然后猝不及防地扣动扳机。

莫昭昭眼瞳猛然一缩，他这一枪封住了她左边的路，她只能往右边闪，即使她动态视力很好，能看得清子弹路线，那也得身体跟得上才行。可她右腿使不上力。

咬紧牙关拼力一闪，但到底没能躲过，随着子弹入体的声音，她眼前一黑扑倒在地。

痛是真的痛，莫昭昭却几乎要笑出来，她还活着，那一枪避开要害打中了她的左肩。

就在邵捷开枪的一瞬，一个黑影从他背后大开的房门扑进来，一口咬在他手腕上，逼得枪口挪开了一厘米。

"小乖！"莫昭昭惊喜地看着关键时刻救了自己的黑影。

她果然没有猜错，小乖和邵捷不是一伙的。

小乖第一次展现出它凶悍的一面。邵捷的手腕被它咬得鲜血淋漓，枪也落了地。

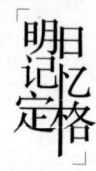

莫昭昭拼尽最后的力气，往前一扑，用没受伤的右手将枪握在手里，接着趁他用力甩开小乖力竭的一瞬，对着他的脑袋狠狠砸下。

"这一下是替唐子安砸的！"她气息不稳，伤痕累累，仿佛下一秒就要倒下，却凶悍不减，像极了誓死维护领地的困兽。

虽然她这一下的确给邵捷砸了个头破血流，力道却并不足以让他晕过去。眼见邵捷重新站稳，目露凶光地看向她，她毫不犹豫地一扬手，直接让手枪砸破窗户飞了出去。

她是推测枪里没子弹了，但万一邵捷没按常理出牌，枪这种太危险的东西还是丢得越远越好。

扔完枪，她扭头就往门外跑，然而她一条腿瘸着，手刚碰到门便被邵捷追上了，呼啸的风声冲着她后脑勺而来，不锈钢门把手上映出伸缩棍的模样，她心头涌起一股绝望，邵捷袖子里竟还藏了一根伸缩棍。

不甘心，真的不甘心啊！就差那么一点！

电光石火间，小乖如闪电一样扑过来，生生替她挡了邵捷那一棍，只听一声凄惨的叫声，小乖小小的身躯飞出去，重重落地，痛苦地抽搐着。

"小乖！"她瞬间红了眼，扭头不管不顾狠狠撞进邵捷怀里，小炮弹一样，用脑袋撞在他胸骨上，直直将他撞翻在地。邵捷后脑勺又被磕了一下，后背也撞得不轻，他疼得眼前发黑，没等缓过来，莫昭昭一抬头，双目猩红，野兽一样张口咬在他喉咙上。

邵捷从她眼中感到了疯狂，吃痛地想要掀翻她却掀不动，只能慌乱地去掐她的脖子。

两个人都是一身伤一身血，谁也没比谁好太多，竟成了个僵持之局。

脖子上的窒息感越来越强烈，莫昭昭感觉自己的力气越来越弱，全靠一股执念死撑着——她不想死。她后悔了，后悔没有和唐子安好好道别，后悔在他记忆中成为那样不堪的模样，她真的好想……好想再见唐子安一面。

不知是不是执念太强,还是像卖火柴的小女孩一样死前可以见到最渴望的东西,她似乎听见了唐子安的声音。可是,他为什么要说"对不起"?她最不想听见他说的就是这三个字。

她嘴唇翕动了两下,很想问他能不能再叫一次她的名字,却什么声音也没有发出,一如她努力睁开眼,却什么都看不清了……

MINGRI JIYI DINGGE
尾 声

「明日记忆定格」

吕梁从不知自己车技可以这么好，一路拉着警灯风驰电掣，不知违反了多少交通规则，终于在五分钟内赶到别墅门外。

唐子安这么个泰山崩于前而面不改色的人，却急得连安全带都忘了解就往外冲，被生生拉回来。明明是很好笑的画面，吕梁却鼻子一酸，红了眼眶。

抽了口气，他连忙跟上。唐子安冲进房间，被满地的血狠狠戳了眼睛，那惨烈的同归于尽的架势，更是吓得他心脏差点骤停。

他浑身颤抖着扑过去抢出莫昭昭，入手的冰冷冻得他一个哆嗦，失了魂一样，一迭声说着"对不起"。好在下一秒，他发现莫昭昭嘴唇微不可察地动了两下，倒流的血液瞬间恢复，他将人打横抱起便往外冲。从头到尾，他根本没有看邵捷一眼，因为顾不上。

恨如何能够与爱相比？

吕梁闪得快没撞上他，他却直直绊上门槛，重重跪在地上。膝盖与地面相撞的那一声听得吕梁寒毛都竖起来了，唐子安却像是没了痛觉似的，一秒都没停，爬起来接着往外跑。将人小心翼翼地放进车里，他飞快发动车子开走了。

惨遭抛下的吕梁用舌头定了下发麻的腮帮子，不跟着也好，唐子安那副模样，他看一眼都觉得心脏吃不消。

慢吞吞进了屋，看见躺在地上满身血污的邵捷，吕梁冷笑一声，踩着邵捷的手跑到小乖身边。它身上那件警犬装备服替它抵消了不少伤害。吕梁摸了摸它，确认没有内出血，生命体征良好后这才返回邵捷身边。

吕梁抽出手铐麻利地给他铐上，然后拽着手铐，像拖死狗一样拖起他往外走。过门槛时也故意当没看见，让邵捷与门槛来了个深度接触。

将人拖到门口略等了片刻，小何他们的车也陆续赶到了。

"怎么这么慢？车都不会开了吗？"吕梁憋了一肚子的火终于找到了一个宣泄口。

小何张了张嘴，刚要解释，吕梁又吼道："愣着干什么？赶紧搭把手,把人弄上车。"

看得出来吕队长现在在气头上,大家也都默契地没去触他的霉头。迅速把邵捷弄上小何的车,确认他暂时没有生命危险后,众人心照不宣地先将小乖送去附近的宠物医院,然后才带着邵捷去医院。

在手术室外,他看见了唐子安。一身斑驳血迹,直挺挺地站在手术室门口,跟个门神似的,眼睛一眨不眨地盯着手术室顶上亮着的灯,苍白的脸上一点生气都没有。看起来触目惊心,在医院惨白的灯光映照下活像个丧尸。

手术室的门突然被打开,一名护士走出来,面色凝重:"谁是莫昭昭的家属……"

唐子安紧绷的背像是拉到极致的皮筋突然断了,差点站不住,幸好吕梁眼疾手快将人扶住。

护士见多了生离死别,并不以为意,飞快道:"病人肋骨断了两根、右腿小腿骨折、左肩肩胛骨碎裂、失血过多,还有胃中的炸弹外壳被胃酸腐蚀,必须立刻取出……你们谁是家属?签一下手术意向书。"

唐子安抖着手抓起笔:"我是……我是她的家属!"他将"家属"二字咬得很重,郑重得像是发誓,又像是为了说服自己安心。

他如此慌乱悲痛,护士不疑有他,完成任务便立刻争分夺秒地回了手术室。

护士问出"谁是家属"的时候,他只觉一股慌乱的凉意从脚底沿着脊椎一路蹿上天灵盖。莫昭昭哪里有什么"家属",她孑然一身,在这个世界上一点牵绊都没有。而这个世界对她那么不友好,她会不会不愿意回来了?

"你脸色差得吓人,去休息一下吧。还有你这一身血也得处理一下。"吕梁说着,突然想起他当时重重磕了的腿,急忙将他裤腿往上一拽。果然见膝盖青紫一片,当即没好声道:"你腿不想要了是吧?走,我带你去看医生。"

唐子安声音恍惚："没事，我都没觉得疼。"

"伤成这样没觉得疼，你是痛觉神经死了，还是当我是傻子？"吕梁不由分说地拽他。

唐子安却坚定地推开他的手："我得在这儿守着。"

"你守着能有什么用？她那情况没几个小时出不来。你不能进去，平白耽误了自个儿身上的伤。"吕梁急得不行，生怕莫昭昭还没出来，他就先倒下了。

唐子安摇了摇头："你不懂，昭昭她看着开朗，其实对这个世界没什么留恋。"他顿了一下，不好说出肖恬鲤的事，"她留下来是为了我。如果她真以为我把她给忘了，伤了心不肯回来怎么办？"

吕梁感觉喉咙里塞了一团棉花，他从来没有听唐子安用这么惶恐绝望的语气说过话。一口郁气在胸腔里毫无章法地横冲直撞，却找不到一个发泄的出口。吕梁窝火得不行，考虑到这是医院，强忍着大骂两句的冲动，终是忍不住重重捶了下墙。

长长叹出一口浊气，他认命地扶着唐子安去手术室对面的椅子上坐下，然后去给他买吃的和伤药。

回来时，远远看见唐子安手臂搭在膝盖上，弯着腰低着头，像一尊悲伤的雕塑，一动不动地坐在手术室门口的椅子上。

吕梁不觉放轻了脚步，想要说点什么却最终什么也没说，只是在他身侧坐下。过了片刻，他拿出吃的和药膏。好在失魂落魄的唐子安很听话，只要不让他离开这里，吕梁让他做什么他就做什么。一个指令一个动作，配合得像个提线木偶。

看他这副行尸走肉的模样，吕梁斟酌着想劝解两句，话还没出口，手术室的门突然被打开，护士跑出来通知他们莫昭昭情况很不好，刚刚心脏骤停了十几秒，让他们做好心理准备。

吕梁听得头皮发麻，可唐子安不知是听见了还是悲伤过度了，目光空洞洞的，只是低声道："她会没事的。"过了片刻，他又说了一遍"她会没事的"。吕梁心突地一跳,这才反应过来唐子安是在催眠自己。

谎言最厉害的境界是连自己都骗过去,吕梁怔了片刻,抬起手打算拍拍他的肩,给他一个来自兄弟的鼓励:"是的,她会没……"

然而手还没碰上唐子安的肩,唐子安却整个人脱力般往后一靠,靠上身后雪白的墙壁,然后又缓缓滑下。他颓然地蹲在地上,手肘撑住膝盖,慢慢将脸埋进手掌。

吕梁惊得把后半句吞进了肚子,陪着他一起蹲在手术室门口。

瓮声瓮气的声音从指缝里漏出来:"怪我。如果我没有忘了她,我们就能够早一点到。是我耽误了时间。如果她……"

这一次吕梁飞快打断:"不会的!她那么喜欢你,为了你连死都不怕,也一定会为了你努力活下来的。"

唐子安怔怔地抬起头,眼眶通红地盯着他,半响才哑着声音点点头:"对,我得让她为了我活下来。"

说完他霍然起身,握着手机走到楼梯间打电话。

铁面无私的唐队走了人情关系,托关系托到了医院副院长的头上,却只是请求他将自己的手机带进手术室,在莫昭昭耳边播放一个音频文件。

副院长亲自开口,加上家属再三恳求,说这音频对病人很重要,一定能增加病人的求生欲。护士长见多了各种各样的病人家属,了解他们的心情,安慰了两句,拿着手机去做消毒了。

音频是那首《只要彼此爱过一次》,不过不是莫昭昭念的那版,而是唐子安偷偷练习着录的。他原本想着记忆好转后,能第一时间给她念,念得流畅好听一些。


莫昭昭感觉自己的意识飘飘忽忽,有点像是做梦,又像是神话中说的灵魂出窍。她能够听见耳边有嗡嗡的机器声和一些乱七八糟的人声,头顶还有光亮洒下来,可是她对身体失去了控制权。

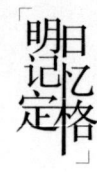

她一时不知道自己要怎么回去,也没有特别想要回去,她觉得自己很累,干脆就放任自己一点点往下沉。

终于头顶的光越来越远,她被彻底裹进一片无际的黑暗里。倒也不觉得害怕,只是她还在继续下沉,明明没有光,她却看见了许许多多过往的自己。

被一群孩子扔石子叫"扫把星"的自己、被赶出家门在寒风中饥寒交迫的自己、挨了一顿揍疼得蜷缩在冷硬床板上的自己、被电击治疗完呕吐发抖的自己,还有只敢偷偷在病房外看一眼肖恬鲤的自己……

莫昭昭感觉自己像个不相干的人,无悲无喜地看着这些画面,暗忖:原来她这一生活得这么凄惨,这个世界对她还真是一点也不好。既然如此,那便不要回去了吧。

不对,你要回去!她听见一道和自己一模一样的声音。

然后她便看见一道光打下来,光束里站着的那个背影无比眼熟,是唐子安!莫昭昭波澜不惊的心湖泛起了涟漪,她兴高采烈地追过去:"大神……"

唐子安停下脚步,慢慢转过脸,那张脸上却满是嫌恶,他说:"像你这么恶劣的人,我不想再看见你。我会通知吕梁换掉你。"

晴天起闷雷,这闷雷还直直劈在了她心上,莫昭昭感觉浑身的血液一下子凝固了,冷得她连牙齿都开始打架。

唐子安用厌恶的眼神盯着她,嘴唇一张一合,说的全是她写在笔记本上的内容。她脑子乱成一团,翻来覆去只剩下"咎由自取"几个字,原来这些话从唐子安口中说出来,会这么伤人。她艰难地喘息着,痛得五脏六腑都要裂开了。

眼看唐子安说完了话,转身便走。

剧烈的恐惧从心底蹿出来,不行,她无法忍受被唐子安用厌恶的眼神看着,若是如此,她死了都不能瞑目。

她想要追上去解释,却突然被人从后面扼住了脖子。

## 尾声

邵捷阴沉瘆人的声音在她耳畔响起："为什么要追呢？明明你和我是一样的人啊，我们身体里都流淌着肮脏的血。看看你现在的样子，这才是真实的你。"

眼前突然出现一面镜子，镜中的她披头散发，眼中戾气横流，一身血污，连牙齿上都沾满了猩红的血液，嗜血凶残，半点不像人类，反倒像极了一只吃人的凶兽。

不是的，不是的……她拼命挣扎，脖子上那双手却像铁钳一样卡住她脆弱的脖颈，一点点挤压掉她肺中稀薄的空气。

她瞪大了眼睛看着那道身影越走越远，带着身上的光束走进一扇门后。

"不要，求求你，不要抛下我……"莫昭昭声嘶力竭地张了张口，却发不出任何声音，只能看见那扇唯一透进光明的门一点点关上。

她以为自己能够忍受黑暗，如果她没有见过光明。

承载着满满绝望的一滴泪重重坠下，四周的黑暗如同受到了刺激，蚕丝一样涌过来将她一层一层包裹进去。作茧自缚，这个词倒是很适合她。

莫昭昭疲乏地闭上眼，就这样吧，就这样沉睡吧，再也不要醒过来。

"昭昭……"一道很遥远的声音钻进她的耳膜。

是唐子安的声音，她霍然睁开眼，奋力挣开周身的束缚。

她抬起头，看见头顶那一点萤火般的微光。但这就够了，她像条矫健的鱼，拼力往上游。

唐子安对她来说是灯塔。不需要做什么，只要站在那里，便足够她乘风破浪、披荆斩棘地赶过去……

手术室的灯在亮了十六个小时后，终于灭了。

听见护士口中吐出"恭喜"二字，吕梁长长地松了一口气，几乎喜极而泣。

然而，还来不及感慨莫昭昭是真的命硬，那么重的伤，她愣是扛了

过来。身旁那个高大单薄的身躯猛然砸下来,他被砸得一个趔趄,勉强撑住了。

一扭头,只见唐子安双目微闭,面如白纸,出的气多,进的气少。他吓得气血上头,幸好是在医院,连忙招呼医护人员搞了个担架床来。

想想也是,唐子安那破败的身体,神经高度紧张地撑了这么长时间,能撑下来真是奇迹。七手八脚地将虚弱得意识不清的唐子安抬上担架床,吕梁正准备给护士腾个地方,却发现唐子安死死拽住了他的衣袖。

感觉他有话要说,吕梁俯下身去,勉强听清了他的话:"我不能睡……睡了就会忘了她……"

吕梁差点忍不住硬汉流泪,吸了一口气,郑重许下承诺:"我知道你们的大部分事情,你醒了我讲给你听。"

唐子安努力盯着他看了许久,才轻轻"嗯"了一声,然后一秒陷入昏睡。

次日,吕梁为了兑现承诺,一早来到唐子安的病房,却惊喜地发现他这次醒来没有像昨天那么痛苦,而且他竟然没有彻底忘了莫昭昭。

虽然还是会清零前一天的记忆,但他独独记住了关于莫昭昭的一些碎片,记住了她最美丽的笑容,记住了莫昭昭是他的女朋友。

莫昭昭没想到自己还能醒过来,更没想到醒来第一眼看见的会是唐子安。

明明他什么也没说,可就那么平静的一眼,就叫她心虚得不行,而后又心酸得不行。

她想要说对不起,想要给他一个拥抱,可是她现在包得跟个木乃伊似的,脖子里还插着输送流食的管子。想做什么都做不了。

她闭了闭眼,一滴眼泪从眼角滑落,她到底还是让唐子安伤心了。让唐子安看到她这副模样,实在是太残忍了。

湿润的眼眸上突然落下一个吻,面对她,唐子安毫不犹豫抛弃了所有原则。她一哭，他的心就一颤一颤地疼，还生什么气？

"以后别这么做了，我经受不住。"唐子安声音打着战，伴随着一滴泪落在她脸上，"昭昭，我不能失去你。"

吕梁站在门口，从窗子里看见唐子安俯身抱着病床上那个"小木乃伊"，肩膀微微颤抖。他先是愣了一下，继而由衷地露出一抹笑。心头那股因着连日调查内奸却一无所获的阴霾也被驱散。

手术后，莫昭昭伤势一度反复，经历了几次危险期，在重症室躺了快一个月才稳定下来，转入普通病房。

如今她终于醒来，虽然恢复还有很长的路要走，但活着就好，活着就有希望。

在门口站了片刻，吕梁觉得自己还是暂时不要去打扰这两人了。

抱了一会儿，唐子安才终于舍得放开人，发现莫昭昭肩头的衣服被自己的泪水给弄湿了，唐子安这才后知后觉地不好意思起来。

掩饰地咳了一声，他慢条斯理地挽起右臂的衣袖，只见小臂上用记号笔清清楚楚地写着一行字——如果我能恢复记忆，我就是莫昭昭的男朋友。

莫昭昭不可置信地瞪大了眼。怎么会？这行字明明被她擦了，而且她毁掉了唐子安的笔记本，除非……他记起来了！

唐子安低头望着她，眼眸中闪着温柔的光："我倒是想第一时间兑现承诺，可惜你太贪睡了，一直不肯醒来。"

莫昭昭眨了眨眼，唐子安心领神会，握住她的手捏了捏："不是做梦。"

在她床边坐下，唐子安清了清嗓子，开始兑现当时的承诺。美妙的诗句从他口中吐出，声音温柔中带着缱绻深情。

莫昭昭一眨不眨地盯着他，突然眉眼弯弯地笑起来：有些人表面上看起来八风不动，其实耳朵尖早已红得要滴血了。

莫昭昭醒来之后便恢复得很快，没几天便能正常吃饭说话了。吕梁忍不住调侃道："难道这就是爱情的力量？"

莫昭昭想了想，自己新上岗的男朋友的确非常称职，将她照顾得无微不至。自己能够恢复得这么快绝对有他的功劳，于是毫不犹豫地点了点头。

吕梁一脸吃了苍蝇的模样，嫌弃道："行了，别给我撒狗粮了，我不吃。"

唐子安打了热水进来看见这一幕，当即对吕梁道："你别欺负昭昭。"

吕梁的脸顿时更黑了，额头上画个月亮能本色出演包青天："我真是吃饱了撑的，才来看你们！"

当然，话是这么说，人还是每天往医院跑。可能吕队长生活比较富足，每天都吃得挺撑。

从吕梁口中得知小乖还寄养在宠物医院，莫昭昭想了想，还是去将它接了回来。不管小乖是因何而来的，她能够活下来，多亏了小乖。

而且，她将自己的分析和唐子安说后，他也觉得，小乖背后那人和邵捷他们并不是一伙的。那人对他们并没有恶意，如此倒不如将小乖留在身边，静观其变。

宠物医院。

小乖恹恹地趴在笼子里，医生叫了它几声，它都毫无反应。

"小乖！"莫昭昭试着叫了一声。

小乖猛地转过头，看见是莫昭昭和唐子安，顿时一扫萎靡之姿，激动地站起来，笼门一开便扑到他们身边又叫又蹭。漆黑的大眼睛里写满讨好和委屈，似乎是害怕他们又把它丢下。

莫昭昭不觉生出几分愧疚来，狗狗的心思最单纯，就算它之前做了什么也是受人指使的，和它又有什么关系呢？

不过，鉴于它有前科，他们不敢再像之前一样放任它出去疯跑。小乖大概也心有所觉，也不闹着要出去玩了，反而更喜欢黏在他们身边。

日子就这么不紧不慢地过着。

这天，莫昭昭和往常一样带着小乖去医院做复健。吕梁的电话就是在这个时候打进来的。

电话里，吕梁努力维持镇定，告诉她——就在刚刚，押送邵捷去法院的车在半路上出了车祸，警车撞破大桥上的护栏冲进江里。市政部门正在组织打捞工作。

莫昭昭惊得半天没回过神来，一低头才发现一直跟在身边的小乖不见了。

她连忙顺着走廊一路找过去，发现小乖正扒着一名西装男子的裤腿，男子弯着腰。

"不好意思，不好意思，这是我的狗。"莫昭昭拄着拐杖，连忙赶过去。

西装男抬起头看向她："小莫？"

"店长？"莫昭昭一愣，没想到竟还是个故人——之前她兼职的那家咖啡店的店长，知道她勤工俭学不容易，一直挺照顾她的。当时她见义勇为把羊驼玩偶弄坏了，店长也没叫她赔。后来她接受了唐子安助理的活，便辞了职，倒是有些日子没见了。

"你这是怎么了？"店长的目光落到她手里的拐上。

"之前不小心摔了一下，骨折了。店长你呢？"

"我来看朋友。"

"哦。"

两人寒暄了几句，便分开了。

莫昭昭蹲下教训小乖："你怎么回事？有没有和你说过在医院里面不能乱跑，要不是你穿着这身制服，你连进都进不来，还不乖一点？"

说着，她自己突然一愣。

小乖之前一直很乖，从来没有离开她身边过。而且它虽然不怕生

人,却也不会主动往人身上凑。再一想,店长两手空空,哪里像看朋友的样子?

她头皮一麻,不禁想起第一次遇到小乖的情形。那天她穿着羊驼玩偶在咖啡店门口发传单,见义勇为时,小乖主动帮了她,后来更是直接缠上了她。

她一直以为小乖选上她,纯属她体质倒霉,但——如果不是呢?

她是兼职,那只羊驼玩偶在她不上班的时候,店长会穿。所以她身上自然会沾上店长的气息,而小乖的嗅觉那么灵敏。

她脑子乱得厉害,不知道自己是怎么走到医院门口的。来接她的唐子安见她一副魂不守舍的模样,吓了一跳。面对唐子安的询问,她却一时间不知从何说起,只希望是自己想多了。

按了按突突跳的太阳穴,她报了咖啡店的地址,让唐子安先开到那里去看看。唐子安没有多问,安慰地握了握她冰凉的手,依言往那里开。

一路无言,到了目的地,唐子安发现原本的咖啡店已经换成了一家家居店,找不到一点熟悉的模样。

"真的是他……"

莫昭昭推门下车,站在人来人往的闹市区,突然有一种拔剑四顾心茫然的感觉。

战斗没有结束,而是刚刚开始。

本部完

MINGRI JIYI DINGGE

话 外 篇

邵捷受的伤看似严重,其实没什么危险,上了药止了血没多久便清醒过来。发现自己人在医院,他开口说的第一句话是"我要见唐子安"。

接到报告,吕梁去见了邵捷一面。他刚安顿好唐子安,正是憋了一肚子气的时候。本以为大骂邵捷一顿会让自己爽快些,不料却被邵捷那副油盐不进的模样气得跳脚。

接下来,无论警方派谁来,怎么问,他都只有一句"我要见唐子安"。

僵持了两日,吕梁揪住他的衣领将他从病床上拎起来:"我要是你,我根本没脸见他!"医院的报告已出,他恢复良好,已无生命危险,可以从医院转移到拘留所去了。

到了这种田地,邵捷终于多说了句不一样的:"你们想要我招什么,见到唐子安我都会招。不然我只能带进坟墓里了。"

吕梁气得牙痒,却也不得不去向唐子安转达此事:"你要是实在不想见那就算了。"

唐子安看了一眼重症室中的莫昭昭:"不,我要去见他。"

逃避从来不是他会做的事情,无论如何,总要做一个了断。

走进拘留所的审讯室,唐子安看向戴着手铐的邵捷,愣了下神。

上一次见面的时候还是并肩作战的兄弟,这一次却隔着一张桌子,一个是警察,一个是嫌犯,立场完全对立。

邵捷倒是没有半分不自在:"你来啦,坐啊!"姿态随意得不像个阶下囚,倒像是在自己家里似的。

唐子安在他面前坐下,探究地看向他的眼睛,很可惜,在这双眼睛里,他看不到半点愧疚。

相对无言片刻,唐子安开口问:"为什么?"

"灭口啊,你们不是早猜到了吗?"邵捷摊了摊手,"太聪明的人如果不识时务,往往活不长。什么能碰什么不能碰,你心里没点数,这能怪谁呢?"

眼前这人是如此陌生,唐子安问:"为什么亲自动手?"

邵捷漫不经心地笑了笑："因为简单啊！你唐队长警惕性那么高，身手又好，别人想杀你太难了，可我就不一样了。我是你最信任的兄弟，你对我那真的是半点不设防啊，要不是你命大，你到死也不会想到是我要杀你吧？"

唐子安面无表情地看着他。

邵捷双手交叠，枕在脑后："说真的，每次回想起在市局的那段日子，我都忍不住笑得肚子疼。这就是市局的精英刑警们啊，整天和一个天生的犯罪者混在一起，不仅毫无所觉，还真心实意地和他称兄道弟。这可真是太可笑了！"

他伸出一根手指隔空指了指唐子安："唐队长，被你认为的生死兄弟背叛的滋味怎么样？是不是很想杀了我？"

唐子安等他说够了，这才缓缓抬起半垂的眼眸，戳穿道："你没下杀手。"

邵捷一愣。

唐子安平静道："你的计划是用自己的死不见尸陷害我入狱，没有打算杀我。所以第一下是你打的，后来几下不是你。"

邵捷神色变换了几下，嗤笑一声："那又如何？难道你还当我是兄弟？那我还真是感动。"

不理会邵捷的讽刺，唐子安半垂着眼睑："我调查那些案子也就这两年的事，你没必要提前五六年来接近我。不管你是不是虚情假意，那些并肩作战的日子在我这里是实打实的，你救过我一命也是真的。当然，这份恩情在半年前你想害我一次，已经两清了。而这次，你是真的想要我死，我们之间的关系便只剩一种——凶手和被害人。"

唐子安抬起眼，目光平静，和看普通罪犯毫无差别："叙旧到此为止，现在我们来说一说你的犯罪事实。见到我你就招供，这话是你自己说的。"

邵捷胸口剧烈起伏了几下，终于溢出一声冷笑："唐子安，你知道

我最讨厌你什么吗?就是你永远都这副铁面无私的圣人模样!人性本恶,你本应该和我一样,凭什么就你命好?"

这话听着有些怪异,唐子安皱了皱眉:"你什么意思?"

"唐队长可是出了名的神探,我什么意思,你自然是能够知道的。"邵捷将喜怒无常表现得淋漓尽致,前一秒还似笑非笑,下一秒就冷了脸,"行了,说案子吧。是我做的。我们一起查的那个绑架案,我参与其中。你查得太快,我眼看就要暴露,干脆一不做二不休,用虚假信息将你骗到那个地下室,金蝉脱壳的同时嫁祸给你。"

邵捷招认得很痛快,却将"灭口"的理由归到了当时他们在查的那个绑架案上。唐子安刚要开口,却见邵捷又露出那种似笑非笑的神情。

"如果你还想活命的话,最好不要再查下去,至少现在你还不行。想想你师父是怎么死的。"这句话邵捷是用唇语说的。

温暖的会见室中,唐子安却蓦地感到一阵寒风掠过背脊。

"看在那几年我玩得也挺开心,这忠告送你,爱信不信。"他唇语越说越快,说完这句重新出声。

"本来我已经隐姓埋名逍遥快活去了。结果听说你没死,还重新接手了刑警方面的工作,我这心里就有点不踏实。没过多久又听说警方找到了那女人的尸体,我自然以为是你发现了什么。为防你查到我头上,我也只能先下手为强,可是我一个死人出手很不方便,刚好你那小助理送上门来,我自然就抓了人,打算威逼利诱一下。本以为是只小白兔,没想到是只大灰狼。"

唐子安表情未变,手臂上的青筋却浮了出来。他一点也不想听邵捷说起那日的事情。当日是莫昭昭伤势太严重,他根本没顾得上看邵捷,不然,他也不知道自己会做出什么可怕的事情。即使没了那日的记忆,他也很确定,自己当时动过杀意。

为了转移注意力,他看了一眼坐在邵捷那边负责记录的记录员。对不知道内情的人来说,邵捷这样的供词,结案是完全够了。

邵捷的目光落到他的手臂上，勾出一抹恶意的笑："对了，那个丫头死了吗？"

唐子安瞬间转过头："你想要做什么？"

邵捷抬手摸了摸自己还缠着纱布的脖子，龇了下牙："看来是还活着啊，那可真是命硬。不过挺好的，虽然她坏了我的好事，但我还真挺欣赏她的。下手够狠，算是个人物，栽在她手里，我也不亏，认了。"

唐子安霍然起身，邵捷在巨大的压力下本能地伸手挡了一下，唐子安顺势抓住他的手指，面无表情地往外一掰。他现在处于停职期，今天来此的身份又是受害人，发火都师出有名。不过，他也没打算给同僚添什么麻烦，力道把握得非常准确，既不会让他手指断了，却足够疼。

邵捷不防他突然来这一手，额间渗出冷汗，他疼得吸气，却咬着牙挤出一抹玩味的笑："呵呵，真有意思。你这种死心眼的人，居然也有动了感情的一天，我说那小姑娘明明看着是个最凉薄不过的性子，怎么就肯为你拼命。原来是爱情作祟……"

"闭嘴！"唐子安手上加力，直接卸了他的大拇指，四两拨千斤地一推。邵捷还没反应过来，自己的手便从手铐里脱了出去。

做了这些的唐子安面不改色地退后一步，对着守在角落里的两名狱警说："嫌犯挣脱了手铐，想要逃！"喊完也不给邵捷反应的时间，长腿一迈，上前一步，一个利落的擒拿手，拧住他的胳膊，往前一按，硬生生将人给按在地上，邵捷刚要挣扎，唐子安便麻利地卸了他两只胳膊。

这一套做下来如行云流水，拍拍手起身给刚走到旁边的狱警腾了位置，唐子安声音平平："这名嫌犯身手不错，也有丰富的经验，你们一定要小心看守。"

要说邵捷的功夫其实和唐子安不相上下，但剧痛让他反应迟钝，再加上他完全没有想过唐子安这种最是正经刻板的人会做出耍"阴招"的事情来。因此就形成了这种一边倒"被吊打"的形势。

吃了这么大一个闷亏，邵捷却笑得更开心了，终于……他终于看见

圣人唐子安的面具碎了。他真的非常期待看到唐子安彻底成为他同类的那一天。这副诡异的笑容落在那两名狱警眼中更是佐证了唐子安的说法,这就是个精神有问题的变态犯罪分子。

对按着自己的狱警毫不在意,邵捷抻着脖子冲唐子安的背影喊道:"你那小白兔可不是什么省油的灯。我的感觉不会错,她和我绝对是一样的人。我奉劝你一句,小心养虎为患。"

唐子安脚下一顿,转头看向他,眼神冷得像两柄冰刀:"她不是,你不配和她比。"

邵捷这话虽然说得不清不楚,但唐子安明白他的意思。邵捷和莫昭昭应该是有过同样的经历,他们都被幕后那个势力选中过。因此邵捷自以为自己和莫昭昭是一样的人。

但其实不一样,完全不一样。

不是因为莫昭昭运气好、本事高逃了出来,而是因为莫昭昭从没想过屈服,而邵捷屈服了,并将此归结于自己命该如此。

邵捷张着嘴,本还想说什么,被唐子安毫无温度的目光一扫,竟不自觉地僵了一下,过了片刻才回过味来。

任两名狱警将他拉起来,重新给他铐上手铐,他眉眼低垂,讥诮地勾了下嘴角。也是,那是个为了别人能够牺牲自己的蠢货,他这种惜命的聪明人,自然是不配和她比的。

唐子安出了看守所,上了吕梁的车,将情况简单说了两句,重点在这案子应该就到邵捷为止,就此结案。

吕梁也是工作多年的,前几天莫昭昭直播那事就给他敲了警钟,这案子背后的水很深,以他们目前的情况,贸然去挖无异于以卵击石。

"那你接下来有什么打算?嫌疑洗清了,你的记忆情况也在好转,要回来工作吗?"

唐子安摇了摇头:"不了,我还是继续待在我的'未解决案件调查组'吧,对我来说更便利一些。"

回到警局，在走廊上，唐子安见到两名稚气还未完全退去的年轻警员。一个手里抱着厚厚一摞卷宗，一双桃花眼上挑，说得眉飞色舞；另一名吊着一只受伤胳膊的青年靠在墙壁上，半垂着眼，神色有些冷淡，却听得很认真。

"你和邵副……邵捷出事之后，队里一直没有补充到合适的人手。这两个是刚从下面分队调上来的，实力不错。"吕梁看他注意到那两人，解释道。

唐子安轻轻"嗯"了一声，慢慢收回眼。

少年意气，挥斥方遒。这场景，像极了当年的他和邵捷。可惜，时间是一条单向轴，只能向前不能后退。记忆或许还可以定格，时间却永远不会停止，因此不必回头。

# 后记

很感谢大家愿意听我讲完这样一个故事,希望这个故事可以博君一泪。

这是我和意林集团合作出版的第一本书,对各位来说我们还是陌生人。所以这个后记,我想了许久,最终决定不要太严肃,就当和新朋友们聊聊天吧。

我从小就对悬疑侦探类的故事表现出深厚的兴趣,书柜里一溜儿的×××杀人事件。以至于我妈替我整理书柜时,忍不住感慨,你可别带朋友来你书房,不然看见这些估计得吓跑。

拜这份爱好所赐,最直观的结果就是多年以后当开始写作时便成了个写什么类型的文都会在里面插入案子的奇葩作者。

当然,比起作者,我更喜欢称自己是个"讲故事的"。是的,讲故事,而不是编故事。写作时常常会遇到文中人物有自己的想法,是他们带着我在写的感觉,以至于我总觉得那些故事是老天塞进我脑海中,然后借我的口讲出来而已。

对于"讲故事"这件事,我觉得是一种命中注定。

我很喜欢一句话——我们做的所有事情都是为了抵御对死亡的恐惧。所以有人执着于血脉延续、有人信仰宗教、有人将一生奉献给艺术、有人活到老学到老,而写故事是我用来"抵御对死亡恐惧"的方式。

一个人的生命是有限的,但一个好故事的寿命却能够无限长。

好了,下面认真说说这个故事吧。

这个故事最初的灵感源于一句流传甚广的话:"正义有可能会迟到,但绝不会缺席。"

然而,这句话的英文写作"Justice delayed is justice denied"。原意是"迟到的正义已非正义"。

仔细想想确实如此,时效是正义的计时器,迟到的正义对死去的人来说就是没有正义,举世尽墨。

天网恢恢疏而不漏。善有善报恶有恶报。这样的话似乎是无奈的人们用来自我安慰的苍白之语。

这世上有很多至今未能侦破，可能也永远无法侦破的悬案，比如库珀劫机案、开膛手杰克、普克卡瓦血屋之谜……

但在这些悬案背后，在我们看不见的地方，真的有人十几年如一日地为了这份迟来的正义而努力。

所以才有那些过了十几年终于得以真相大白，终于"天网恢恢"的案子，比如不久前的甘肃白银案、新晃操场埋尸案。

每一个横跨十数年的悬案被侦破的背后，都凝聚着无数"不抛弃不放弃"的警察们的血汗。

白银案告破时，我认真看了关于办案警察和受害人家属们的采访，只看了一句话就忍不住哭了，然后从头哭到尾。

这些悬案的报道在我们眼中只是一句冷冰冰的文字——十几年前的某某案件被侦破。但对于当事人来说，那是实实在在的十几年。

韩剧《信号》中最让我印象深刻的一幕是被拐女孩的母亲案发后在警局门口举着牌子寻找目击证人，时光变迁，转眼二十五年后，母亲头发花白，身形佝偻，却仍以同样的姿势举着牌子。

很多家属的人生钟摆自案发那一日便被硬生生停止了，真相一日不出，正义一日不至，他们便一日被困在原地。

所以，迟到的正义依然有它存在的意义。

因此，想要写这样一个故事，让更多人知道，那些悬案对死者的亲属朋友们都造成了怎样不可磨灭的影响。也希望大家知道，一直有人在为正义的到来努力着。

虽然我们无法避免来自人性黑暗的存在，但我始终坚信世界上的公道与正义一直都存在，无论时光怎样流逝，真相终究会被昭告天下。

最后，希望你们能喜欢这个故事，最好，还想听我讲故事。

最后的最后，祝所有的读者朋友都能找到自己所热爱的事业，做自己喜欢的事情，并用它挣一点钱养活自己（虽然跟主题无关，但是这是对大家的最真诚的祝福）。

愿我们永远年轻，永远热泪盈眶。

莫一一<br>2019 年 7 月 7 日于北京家中